中學生必讀的中國古典文學

詞——唐——北宋

全彩圖文版

秦嶺、秦乙塵 主編

推薦序

詩詞教育是美感教育，潤澤每個人的生活世界與生命情境

「散文是米炊成飯，而詩則是米釀成了酒」，詩詞曲雖然各有特色，但同樣以濃縮的語言、精鍊的文字表達深厚的情感與意涵；同樣以字字珠璣連綴成篇。《中學生必讀的中國古典文學》不僅能讓人發思古之幽情，更令人回味再三。

青少年在成長的過程中，除了接受正規的學校教育外，家庭教育與社會教育也是重要的一環，此時若能提供有效的引導與啟發，對孩子的待人接物會有深遠的影響與薰陶。閱讀良好的課外讀物則是極為優質的自主學習與充實的途徑，不僅可從書本中獲得樂趣、涵泳情思，還能增長知識。尤其是中國古代的詩詞曲，其辭藻之雋美典雅，蘊含作者細膩的情感抒發，以及對當時社會環境、政治世局等複雜感觸的心境呈現，更展現作者本身的品格、情操與修養，值得青少年賞析與學習，從而陶冶讀者的身心。

「溫柔敦厚，詩教也」，詩詞教育就是美感教育，透過詩歌的美感情意，潤澤每個人的生活世界與生命情境。藉著詩詞教育的潛移默化，進而培育發展成健全的人格。於此，秀威公司為了善盡社會責任，將唐詩、宋詩、元曲等精華，有系統集結成冊。選材平易近人，貼近孩子的生活經驗；鑑賞部分能提綱挈領，深入淺出地引領孩子進入古典詩詞的殿堂，是有效增進閱讀能力的課外讀物，特此為文推薦！

這一本精緻小巧的口袋書，除了收集中國古代具有代表性的詩詞之外，令人驚艷的是全彩美編，「詩中有畫、畫中有詩」。其插畫精緻唯美，與詩作情境相契合，足見編者之巧思

與用心。所選畫作皆源於國際少年藝術大展的作品，是一本非常有質感且賞心悅目的書籍，值得閱讀，更值得您珍藏。

臺北市立新民國民中學校長　柯淑惠

前言

以唐詩、宋詞、元曲為代表的中國古典詩歌，不僅是中國文學寶庫中的璀璨瑰寶，而且在世界文學史上也佔據著重要地位。這些詩歌無論思想內容還是藝術風格，無不閃爍著文學經典的熠熠光輝，具有無窮的生命力。引導青少年學生讀一點古典詩歌，領略其中的高遠、優雅與雋美，對於提高他們的文學素養，陶冶他們的性情將大有裨益。這也正是我們策劃編寫《中學生必讀的中國古典文學》叢書的初衷。

《中學生必讀的中國古典文學》叢書按詩、詞、曲列卷，共六冊，分別以唐詩、宋詞和元曲為主體，精選歷代詩詞曲作各一百首彙集而成。這樣選編既便於孩子們初步瞭解中國古典詩歌的歷史淵源、發展變化和最高成就，又可以引導他們認識當時的社會環境和人文現狀，感受古代詩人的心靈之旅。

《中學生必讀的中國古典文學》叢書是寫給青少年的讀物，「古典文學」之外，「兒童彩畫」是它的一個顯著特點：叢書所配插圖蓋源於國際少兒藝術大展作品，也就是說全部出自孩子們之手。如此設計，不僅區別於其他版本的一般性插圖，更為重要的是用孩子們自己的畫來裝點，從而豐富了叢書的內涵，使其不再是單一的「文學」內容，同時增添了富有情趣的「彩畫」部分，圖文並茂，相輔相成，給人以清新別致的鮮明印象。這一別開生面的特點，定會增強孩子們閱讀和欣賞的興趣。

為了幫助青少年更好地閱讀和掌握古典詩歌，根據其認知特點，叢書設置了輔助性欄目：「作者」一欄，概要地介紹了作者的生平事蹟及其創作成果，便於孩子們瞭解作品產生的時代背景。「注釋」一欄，將難以理解的詞句作了通俗的解釋，方便孩子們閱讀。「鑒賞」一欄，則對詩詞曲作所表現的思想內容和藝術風格作了分析解讀，使孩子們能夠身臨其境地體味作品的豐富蘊含。「今譯」一欄，在尊重原作的前提下，力圖避免散文化的直譯，而是用現代詩歌的語言和韻律，對作品進行了再創作式的翻譯，為孩子們深入地理解和把握原作，領會詩歌的音韻美提供了幫助。

編寫一套集文學性、藝術性和知識性於一體、為廣大青少年喜聞樂見的課外讀物，是我們由來已久的想法。這一構想同樣得到臺灣秀威資訊科技公司以及諸多教育同仁的大力支持，這也是叢書所以能夠短時間內在台出版的主要原因，在此謹表謝意。

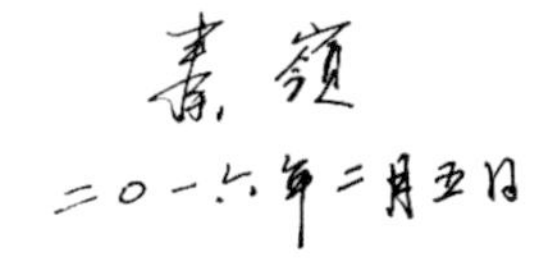

目次

第一篇　唐

浣溪沙 敦煌曲子詞

五兩[1]竿頭風欲平，張帆[2]舉棹覺船輕。柔櫓不施[3]停卻棹——是船行。
滿眼風光多閃灼[4]，看山恰似走來迎。子細[5]看山山不動——是船行。

【作者】

清代光緒二十五年（1899），在甘肅敦煌莫高窟（又稱「千佛洞」）石室裡，發現了大量唐、五代人手寫的卷冊。其中有許多民間詞曲，稱為「敦煌曲子詞」，是現在所能見到的最早的詞的寫本。敦煌曲子詞題材多樣，形式活潑，風格樸素清新，生活氣息濃郁。近人編有《敦煌曲子詞集》，收詞一百六十多首。

【注釋】

①五兩：是古代測風的儀器，用雞毛做成，懸於竿頭，可知風力與風向。

②張帆：拉起風帆。

③柔櫓不施：櫓，一種划船用的工具。施，使用。

④閃灼：形容波光閃爍。

⑤子細：同「仔細」。

【名句】

滿眼風光多閃灼，看山恰似走來迎。

【鑑賞】

這是一首「船夫曲」，以輕快的筆調表達了行船時船夫們乘風破浪的喜悅心情。詞作語言平直清新，構思精巧別致，極有民歌風味，深受歷代讀者的喜愛。

上片寫海上風漸平，浪漸緩，船兒輕快航行。起首兩句選取了極有生活情趣的細節：「五兩」測到風力已緩，船家們趁勢拉起風帆。以「欲」字賦予風以人性和情感，別具風味。而「輕」字既寫船行之快，又把船夫那種喜悅和興奮的心情烘托了出來。接下來的一句仍是寫船行的迅疾，卻寫得饒有趣味。藉著順風之勢，船夫櫓也不搖，槳也不划，可是船仍然輕快地前行，不難體會船夫們由衷的喜悅。

下片描寫滿眼湖光山色。由於船行很急，兩岸風光掠過，而波光也愈加閃爍耀眼。前方的遠山似乎不耐煩等候，遠遠地走來相迎，把山寫得富有人情味，通靈可愛。「子細」二字出語平淡，卻好似一個特寫鏡頭，使急速飛動的畫面頓時定格，起到了動中有靜、動靜結合的藝術效果。同時，也成功地刻畫出了船家的心理，細膩生動，新穎別致。結句「是船行」呼應上片結尾，再次強調船行迅疾和船夫的喜悅之情。

【今譯】

竿頭五兩看風勢漸漸平靜，
揚帆舉槳頓覺船身變輕。
櫓兒不搖，槳不划
——船依然前行。

滿眼風光無限，水波閃爍不定，
兩岸的山巒好似走來相迎。
仔細觀看，山峰並沒有移動
——船仍舊在前行。

菩薩蠻　李白

平林漠漠①煙如織，寒山一帶傷心碧②。暝色③入高樓，有人樓上愁。
玉階空佇立，宿鳥④歸飛急。何處是歸程，長亭更短亭⑤。

【作者】

李白（701-762），字太白，號青蓮居士，唐代偉大的浪漫主義詩人，人稱「詩仙」。他的詩歌題材廣泛，內容豐富，充滿著熱愛祖國和人民的思想感情；風格豪放，色彩鮮明，語言凝煉，在藝術表現上有特殊成就。有《李太白文集》。

【注釋】

①漠漠：渺遠而迷濛的樣子。
②傷心碧：黃昏時山色轉深，遠遠望去，是極為濃重的綠色。「傷心」為方言，意為極其、特別。
③暝色：夜色。
④宿鳥：歸巢的鳥兒。
⑤長亭更短亭：古代時，驛道邊常常修建有供旅人休憩的亭子；相傳隔十里建長亭，隔五里建短亭。更，更迭，形容接連不斷。

【名句】

何處是歸程，長亭更短亭。

【鑑賞】

這是一首望遠思歸之詞，被譽為「百代詞曲之祖」，傳唱至今。在暮色四合的蒼茫時分，詩人登樓遠望，萬里思歸。這首詞寫的正是這樣的情致與思緒。

一起首寫平林漠漠，寒山如碧，拉遠了人與景的距離，點出遠眺的視角；而煙靄迷濛，遠山青碧，都是日暮時分才有的景致。這兩句渲染出蒼茫寂寥的境界，正與登樓人的心境吻合。接下來實寫暝色，卻用了一個「入」字，使靜態的畫面增加了幾分動感，也使時間的靜靜流逝變得可觸可感。暝色有了人格化的特點，就像一個「闖入者」，不但闖入高樓，也闖入登樓遠望的遊子心間。暮色漸漸深濃，內心的愁也濃得化不開。是什麼讓登樓人愁思滿腹，癡癡佇立於玉階呢？自然接入下片，回答因何而愁這個問題。

下片起句寫宿鳥晚歸，匆匆掠過暮色中的天空，仍是靜中有動的畫面。鳥歸而人不歸，觸景生情，用一個「空」字，寫盡了天涯遊子欲歸不能的惆悵。末句寫詩人登高遠眺，前方的路有無數，哪一條才是歸鄉的路，這一路又有多少長亭與短亭呢？路程漫漫，歸鄉難得，語意含蓄不盡。

【今譯】

廣闊無邊的樹林霧氣迷濛蕩漾，
浸透寒意的青山更顯得淒涼。
茫茫的暮色籠罩著幢幢驛樓，
旅人在樓上滿懷惆悵。

我孤寂地站立在白石臺階上，
看到歸巢的鳥兒飛得匆忙。
哪裡是通往故鄉的道路啊，
亭子連著亭子，一直伸向遠方。

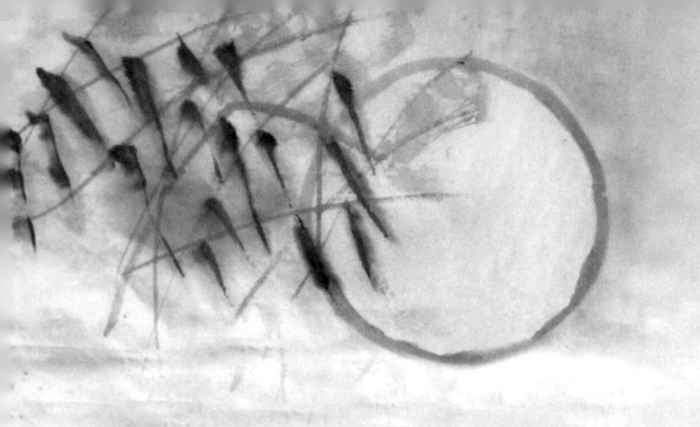

憶秦娥

李白

簫聲咽[1]，秦娥夢斷秦樓月[2]。秦樓月，年年柳色，灞陵[3]傷別。

樂遊原[4]上清秋節，咸陽古道音塵絕[5]。音塵絕，西風殘照，漢家陵闕[6]。

【注釋】

①咽：嗚咽，這裡形容簫聲婉轉淒涼。

②秦娥夢斷秦樓月：秦娥，傳説秦國穆公的女兒弄玉善吹簫，曾與丈夫吹簫引鳳。夢斷，即夢醒。秦樓，指秦玉夫婦引鳳的高臺。

③灞陵：為漢文帝陵墓，在今陝西省西安市東面。附近有一座灞橋，綠柳環繞，為唐時長安（今西安）的送別之地。

④樂遊原：在西安南郊，為當時遊覽勝地。

⑤咸陽古道音塵絕：咸陽，曾是秦朝的都城，今屬陝西省。音塵絕，指杳無音信。

⑥漢家陵闕：漢家，指西漢。陵闕，皇帝的墳墓。

【名句】

西風殘照，漢家陵闕。

【鑑賞】

這一篇〈憶秦娥〉為傷別懷遠之作，情景交融，於身世之傷中包含家國之慨，被譽為千古絕唱，在唐宋詞史上有著崇高的地位。

起首兩句不見人，只聞聲，用「咽」字寫盡了簫聲的意韻，也奠定了全詞悲涼的基調。孤月高懸、萬籟俱寂時，一縷簫聲忽然傳入耳際，幽咽婉轉，如泣如訴，驚醒了正在好夢中的主人公。這簫聲，這月色，渲染出悽楚哀婉的意境，與主人公孤寂的內心世界正相吻合。接下來的一個疊句既是強調，又是過渡，點明了「夢斷」的原因。歷來春柳送別，秋月望歸，春柳秋月又怎知人的心事？年年柳色依舊，卻不見遠人的回還。曲折傳達主人公對於離別的哀傷情懷，韻味無盡。

下段仍寫傷別。主人公為排遣心中的愁苦，登樂遊原觀賞秋景。咸陽古道上，車馬絡繹不絕，卻沒有傳遞音信的驛使。一句「音塵絕」說不盡主人公心中的悵惋，也令讀者為之感傷。在無限傷感中，眼前的景物無一不沾惹上淒清的色調，卻在結尾處陡地轉為悲壯——獨立西風，殘照似血，獨有漢家陵闕，莽莽蒼蒼，巍然聳立。正是這兩句，使個人的一時情懷，上升為家國的千秋之慨，其中包含的現實與歷史意義不言而喻。

【今譯】

簫聲嗚咽，不停地傾訴悲情，
她從夢中醒來，月兒懸掛在樓頂。
多麼清澈的月光啊，
年復一年映照得柳枝一片翠綠，
怎不叫人回想起灞陵送別的場景。

樂遊原上秋色格外濃重，
咸陽古道伊人遠去，杳無音信。
音信渺茫，愁懷滿腹，
點點殘陽，瑟瑟西風，
籠罩著漢代皇家的墳塚園陵。

謫仙怨

劉長卿

晴川落日初低①，惆悵孤舟解攜②。鳥向平蕪③遠近，人隨流水東西。
白雲千里萬里，明月前溪後溪。獨恨長沙④謫去，江潭春草萋萋⑤。

【作者】

劉長卿（？-785？），字文房，今河北河間人，唐大曆十才子之一。曾做過隨州刺史，世稱「劉隨州」。他的詩詞，有的反映安史之亂後人民生活的痛苦，有的抒發遭貶謫後的憤懣不平，更多的是描寫山水隱逸的情致。有《劉隨州詩集》。

【注釋】

①晴川落日初低：晴，晴日。川，平原。初低，指夕陽剛剛接近地平線。

②解攜：指與友人分別。

③平蕪：草木繁盛的原野。

④長沙：指西漢時被貶謫為長沙王太傅的賈誼。

⑤江潭春草萋萋：江潭，即江畔。萋萋，春草繁茂的樣子。

【名句】

鳥向平蕪遠近，人隨流水東西。

【鑑賞】

大曆年中，作者因受到誣陷而被貶為睦州（今浙江建德）司馬，於赴任途中寫作此詞，表達憂傷憤懣的情懷。

詞開篇描寫與親友分別時的情景。以「初」字寫出作者的恍然驚覺：剛才還是滿目晴空，轉眼已是夕陽西墜、蘭舟催發，分別的時候到了。接句直抒胸臆，以「惆悵」傾瀉滿腔離懷別苦；以「孤舟」抒發一身淒涼無助。船漸行漸遠，作者忍不住回首遙望，只見平原上鳥兒自由飛翔，人卻只能任由流水擺布，用「隨」字表達無力主宰自身命運的憤懣和悲哀。

五、六句含雙重意味：既是景語，承接上文，寫此去路途漫漫，只有白雲、明月相伴；又是情語，以「千里萬里」喻相隔遙遠，委婉傳達前途茫茫、懷才不遇之感。用語自然，對仗工整，既有淳樸的民歌風味，又充滿曲折不盡的情致。末尾句用「長沙」的典故，以才學出眾、品格高尚的賈誼自比。「獨恨」寫自己無辜被貶，這樣的人生悵恨真是永難排遣啊。而萋萋春草，不但象徵著離恨的綿綿無盡，也隱寓著作者無法解脫的悲苦之情。

【今譯】

晴朗的平原上落日漸漸沉西，
滿懷愁情，我乘著孤舟離去。
廣闊的原野上飛鳥時遠時近，
隨著逝去的流水，漂泊者忽東忽西。

白雲悠悠，飄浮千里萬里，
明月映照著山前山後的小溪。
恨只恨像賈誼一樣被遠謫他鄉，
只有江岸繁茂的春草相伴無邊無際。

漁歌子

張志和

西塞山前白鷺飛①，桃花流水鱖魚②肥。青箬笠③，綠蓑衣④，斜風細雨不須歸⑤。

【作者】

張志和（730？-810？），字子同，別號煙波釣徒，婺州金華（今浙江金華）人，唐代詩人。他一生大半時間都在江湖上過著隱居生活，作品也多以此為表現內容。他的詩詞流傳下來的不多，僅有九首；詩作風格清麗，語言和暢，富於民歌風味。

【注釋】

①西塞山前白鷺飛：西塞山，山名，在今浙江省吳興縣西。白鷺，亦稱鷺鷥，一種捕食小魚的水鳥，頸長、嘴尖而羽毛潔白。

②鱖魚：也叫「桂花魚」，盛產於江浙一帶。

③箬笠：用竹葉製成的雨帽。

④蓑衣：一種用草或棕毛編製成的雨衣。

⑤斜風細雨不須歸：斜風，即輕風。細雨，即毛毛雨。不須歸，意為不能歸，這裡指漁家不避風雨。

【名句】

青箬笠，綠蓑衣，斜風細雨不須歸。

【鑑賞】

《漁歌子》是張志和所作的表現漁夫生活的一組小詞，共五首，本篇是其中一首。這首詞描繪了漁家辛勤勞動的生活，也展現了水鄉秀麗的風光。詞作語言清新明麗，意境優美動人，寓抒情於寫景中，是一首傳唱久遠的作品。

詞中，作者用形象的筆觸、鮮明的色彩，為我們渲染了一幅水鄉春汛圖，描摹漁家緊張忙碌勞作的動態的畫面。畫面中有遠景：「西塞山」和「白鷺飛」；有近物：「桃花」、「流水」；有想像：「鱖魚肥」；有實感：「青箬笠」、「綠蓑衣」、「斜風細雨」。

作者把這些想像有機地揉合在了一起，給人以和諧逸美、清新悅目的感覺，容易喚起讀者的聯想。在封建時代，漁民們生活很苦，並不像詞中描述的那樣怡然自得。作者所以如此寫來，目的是為了表達自己厭惡官場生活，以勞動為樂的特殊心情。

【今譯】

西塞山前的水面上白鷺自由飛翔，
兩岸桃花盛開，水中的鱖魚肥壯。
漁夫頭戴斗笠，身披綠色的蓑衣，
在輕風細雨中駕著船兒捕魚正忙。

調笑令

韋應物

胡馬[1]，胡馬，遠放燕支山[2]下。跑[3]沙跑雪獨嘶，東望西望路迷。迷路，迷路，邊草[4]無窮日暮。

【作者】

韋應物（737-792？），長安人。出身世家，十五歲之前做過唐玄宗侍衛。安史之亂後曾任蘇州刺史，世稱「韋蘇州」。韋應物是中唐時著名的山水田園詩人，後代以「王孟韋柳」（王維、孟浩然、柳宗元）並稱。韋應物的詩詞清新自然，感受細膩，但也不乏慷慨壯闊的一面，顯示了多方面的創作才華。

【注釋】

①胡馬：古代時稱北方少數民族為胡，胡馬指產自北方的良駒。

②燕支山：即焉支山，在今甘肅省山丹縣東。當時是著名牧場，亦是邊防要塞。

③跑：同「刨」，指馬用蹄刨地。

④邊草：邊塞野草。

【名句】

跑沙跑雪獨嘶，東望西望路迷。

【鑑賞】

這是一首邊塞詞，通過歌詠產自西北地方的寶馬良駒，展現和讚頌了邊地壯美的風光，同時也寄寓了詞人的人生感慨。全詞純用白描手法，別有天然意趣；風格質樸豪放，境界也格外闊大。

起首為疊句，既是詞牌的要求，也收到一詠三歎的效果。接句以「遠放」兩字將視野拉開，彷彿將讀者帶到莽莽燕支山下水草豐美的牧場之上：蒼茫遼遠的藍天、廣袤無垠的草原，視線所及，是一群群自由馳騁的精良胡馬。無一字寫草原，卻使人時時想起「天蒼蒼，野茫茫」的景致，壯麗而豪邁。接下來的幾句，集中描寫了一匹失群駿馬的情態：牠時而煩躁地用蹄子刨著地，任細沙和春雪飛揚；時而抬頭向遠方嘶叫，呼喚自己的同伴。可是，暮色漸濃，邊草連天，四周一派迷濛；牠惶恐不安地東張西望，既找不到同伴，又辨不清去路。這幾句，將一幅動感的畫面刻畫得極為傳神，宛在眼前。良駒本不易迷路失群，作者這樣描述，既從側面展現了草原的壯美與廣闊，又委婉傳達出自己孤獨、迷惘的心態。結尾寫景：正是日暮時分，落日下銜遠山，邊草蒼茫無盡，偶有馬嘶傳來。於豪邁壯闊之外引人遐思，韻味無盡。

【今譯】

北方的駿馬，
北方的駿馬，
放牧在燕支山下。
風沙霜雪中奔跑嘶鳴，
東望西望，迷失了方向。
迷失了路途，
迷失了路途，
草原一望無際，已是黃昏的時候。

憶江南

劉禹錫

春去也，多謝洛城人①。弱柳從風疑舉袂②，叢蘭裛露似沾巾③，獨坐亦含嚬④。

【作者】

劉禹錫（772-842），字夢得，洛陽（今屬河南）人，唐代著名的文學家、哲學家。曾任監察御史，並參與過政治革新。後來還做過太子賓客，因此被稱為「劉賓客」。他一向與柳宗元情誼很深，世稱「劉柳」；也曾與白居易多次詩歌唱和，並稱「劉白」。劉禹錫的詩詞吸收了許多民歌的特點，用語清新自然，多用比興手法，成就很高。有《劉夢得文集》傳於世。

【注釋】

①多謝洛城人：多謝，殷勤致意、戀戀相別。洛城，即今洛陽。

②從風疑舉袂：從風，隨風而起。袂，衣袖；舉袂形容衣袖飄揚。

③裛露似沾巾：裛，沾濕；裛露指被露水打濕。沾巾，淚水沾濕衣襟。

④嚬：皺眉。

【名句】

弱柳從風疑舉袂，叢蘭裛露似沾巾。

【鑑賞】

這是一篇表達惜春之情的短章，題材雖屬常見，但構思精巧獨特，手法新穎別致，為惜春詞中別開生面之作。全詞通篇採用擬人手法，寫景亦是寫人，寫人同樣寫景。讀來婉而有致，妙趣橫生，充分體現了作者開朗流暢、含思婉轉的藝術風格。

開篇明義，寫春天就像一位多情的少女，與洛城人朝夕共度，建立了深厚的感情。如今她就要與洛城分別了，可是她頻頻回首，殷勤致意，捨不得離開厚愛她的洛城人。接下來兩句描寫暮春時節常見的景致：嫋嫋的柳枝隨風輕輕拂動；叢蘭帶露，如盈盈珠淚惹人愛憐。但是，這樣尋常的景致，在惜春、愛春的人眼中，卻分明是眷戀不已的春姑娘：她揮動衣袖，作別洛城；她依依難捨，忍不住潸然淚下。當然，這情景全由想像而來，那麼是誰在想像呢？自然接入末尾句，直接點出主人公，原來是她獨坐傷懷，悵然凝眉，惋惜春天的匆匆遠走；卻想像春天也像自己一樣無限依戀，不忍離去。以景喻人，以景寫情，確實是非常精巧的構思，形象而又充滿美感。

【今譯】

春姑娘就要離去了，
她依依惜別洛陽人。
柔弱的柳枝隨風飄搖是她在舞動衣袖，
頷首的叢蘭沐雨滴露是她的淚水打濕衣襟。
她孤獨地坐在那裡，依然萬般風情。

憶江南　白居易

江南[1]好，風景舊曾諳[2]。日出江花紅勝火[3]，春來江水綠如藍[4]。能不憶江南？

【作者】

白居易（772-846），字樂天，下邽（今陝西渭南）人，我國唐代偉大的現實主義詩人。他自幼家貧，聰穎好學，相傳五六歲時就能做詩。白居易早年曾過著顛沛流離的生活，因而對社會的黑暗和人民的困苦有著比較深刻的瞭解和認識。他的詩歌有力地抨擊了社會上不合理的現象，揭露了貪官污吏的罪惡，一定程度上反映了人民的強烈呼聲，有較高的思想性和藝術性。白詩素以平易通俗、明白如話著稱，深受廣大群眾歡迎。有《白氏長慶集》。

【注釋】
①江南：指今天的蘇州、杭州一帶。
②諳：熟悉。
③江花紅勝火：江花，指江畔的花。紅勝火，顏色鮮豔，比火焰還要紅。
④藍：一種叫「藍草」的植物，其葉青綠，可製染料。

【名句】

日出江花紅勝火，春來江水綠如藍。

【鑑賞】

這一首膾炙人口的詞作，是白居易晚年退居洛陽時所作的〈憶江南〉三首之一。作者早年旅居江南，前後有十年之久，江南秀美的風光給他留下了極為深刻的印象。這一首詩正是讚美江南美景，表達作者懷念之情的佳作。全詞明白如話，感情真摯，歷來備受推崇。

開篇直截了當，將對江南的萬千讚美之詞，化為直抒胸臆的一句「江南好」。接句以「舊」字點明追憶的視角，往日那熟悉的美麗風光，現在卻只能於懷想中相見了。略含惆悵之情，格調卻並不低沉。接下來的聯句，是千古傳唱的名句，描寫的是作者念念不忘的江南春景：太陽冉冉升起，瑰麗的朝霞照得江畔的鮮花真比火還要紅；一彎碧水，倒映著碧藍的天空與岸邊青翠的綠草，那顏色比藍草還要綠。如此鮮明的色彩，如此絢麗的美景，如此蓬勃的生機，難怪作者在多年之後仍懷戀不已。結尾以反問句作結，再次點明回憶的主題，眷戀之情躍然紙上。

【今譯】

江南風光好啊，
那景致常在我的腦海閃現。
太陽升起，江岸的鮮花紅得勝過火焰，
春天來了，江水一片碧綠，如同用靛青洗染。
叫人怎能不憶起美麗的江南？

長相思

白居易

汴水[①]流，泗水[②]流，流到瓜洲古渡頭[③]。吳山[④]點點愁。

思悠悠[⑤]，恨悠悠，恨到歸時方始休。月明人倚樓。

【注釋】

①汴水：源於河南，流入淮河，在江蘇北部與運河相通，經瓜洲渡入長江。

②泗水：源於山東，與汴水合流後匯入淮河。

③瓜洲古渡頭：瓜洲，在今江蘇揚州南面；隋唐時，這裡是運河入長江之處，非常繁華。渡頭，即渡口。

④吳山：泛指長江下游一帶的山巒。

⑤悠悠：綿長不盡的樣子。

【名句】

汴水流，泗水流，流到瓜洲古渡頭。

【鑑賞】

這首詞是望遠懷人的名作，以言簡意豐、詞淺情深著稱於世。歷來明月之夜，總是懷遠之時。相隔千里之外，卻共對一輪朗月，所以皎潔似水的月色，常常會喚起人們內心深處的思念之情。這首詞描寫的正是這樣的情景：在那樣一個明月之夜，一位女子登樓遠望，惟見墨藍的夜空，月光如練，禁不住想念遠方的愛人，流露出無限懷戀與深情。

開篇寫景，寫汴水與泗水曲曲折折，流向遠方。她登樓遠眺，思潮起伏，心逐流水漸行漸遠。以流水的蜿蜒曲折與日夜奔流，喻寫情懷的纏綿低徊和思念的綿綿無盡。句中幾處地名應不是實景確指，或是模擬她的愛人的遠行路線，想像他隨著江水南下，一直來到長江邊的瓜洲渡頭；也或是回憶當日在瓜洲古渡兩人分別的情景。末句寫吳山，仍是想像中的景致：望不盡的山容水姿，寫不盡的離情別緒，遙見水的盡頭，仍是點點遠山點點哀愁，清麗而哀婉。

下片直抒胸臆，山長水闊，懷念遠人而不得見，以兩個「悠悠」寫盡她的思念與哀怨。接句純出口語，不加修飾，反襯出一片情真意切，深情無限。末尾站在旁觀者的角度，以剪影式的畫面結束全篇，既使以上的思念與想像落到實處，又點染出孤寂無奈的情緒，言盡意未盡。

【今譯】

汴水不息地流，泗水不息地流，
經年累月流到這瓜洲古老的渡口。
江南的山巒一座座無不凝聚著憂愁。

思念哪有盡頭，怨恨哪有盡頭，
直到伊人歸來時才會甘休。
皓月當空，孤寂的人兒佇立在高樓。

定西番

溫庭筠

漢使①昔年離別，攀弱柳②，折寒梅③，上高臺。千里玉關④春雪，雁來人不來。羌笛⑤一聲愁絕，月徘徊⑥。

【作者】

溫庭筠（812-870），字飛卿，太原祁縣（今屬山西）人，晚唐著名詞人。溫庭筠的詩清麗委婉，與李商隱齊名，時人稱「溫李」；又因他才思敏捷，作賦「凡八叉手而八韻成」，被稱為「溫八叉」。他的詞雖題材狹窄，卻工於描景狀物，色調豔麗，富有韻律之美，被譽為「花間詞派」的鼻祖。

【注釋】

①漢使：使，使節，使臣。漢使，詞中泛指從漢朝出使西域的使者。
②攀弱柳：折柳枝以贈別，表達依依不捨的心意。
③折寒梅：折梅花寄贈相隔千里的友人，表達思念之情。南朝詩人陸凱曾寄梅花給遠方的友人，並寫下著名的詩句：「折梅逢驛使，寄與隴頭人。江南無所有，聊贈一枝梅。」
④玉關：即玉門關，在今甘肅省敦煌市西北，為河西走廊重鎮，是中原通往西域的必經之地。
⑤羌笛：為古羌族樂器，音色高亢，極有悲壯的韻味。
⑥徘徊：來回地走。

【名句】

攀弱柳，折寒梅，上高臺。

【鑑賞】

這是一首以西域人的口吻寫成的邊塞詞，表達他們對漢使的懷念之情。詞作語言平易質樸，情感真摯濃烈，意境凝重哀怨，是溫詞中別有特色的作品。

上片寫由於思念而登高望遠。起首一句開門見山，寫漢使去年春天時告別離開。接下來的三句形象地運用一些特定的場景和細節，描繪分別時的情景，表達思念之情。折下弱柳表達難捨，采擷寒梅敘說思念，都是表達情意的信物；而為了將漢使漸漸遠去的身影看得更清楚，大家紛紛登上了高臺，翹首遠望。作者層層鋪陳，渲染了離愁的哀婉和思念的深重。

下片寫月下別情依依。時間轉瞬而過，千里玉關仍是春雪皚皚；大雁隨季候北歸，卻沒帶回任何音信。「千里」

二字不僅寫出了路途之遙遠，音訊之杳然，更與上文的「昔年」相呼應，給人以千山阻隔、萬里無音的感慨。明月升起，漫天徘徊，人們思念遠人，不由得吹起羌笛。那一縷縷笛音如泣如訴，蘊含說不盡的思念之情。

【今譯】

遠行塞外的使者去年春天離開，
人們攀折柳枝，擷取寒梅，
表達依依惜別的情懷，
目送他遠去的身影，還登上了高臺。

千里之外的玉門關仍是春雪皚皚，
大雁飛來了，可使者並沒有來。
羌笛聲聲愁思無限啊，
一輪淒清的明月在邊關徘徊。

採蓮子

皇甫松

菡萏香連十頃陂①，小姑②貪戲採蓮遲。晚來弄水③船頭濕，更脫紅裙裹鴨兒。

【作者】

皇甫松，生卒年不詳，字子奇，自號檀欒子，睦州新安（今浙江淳安）人。晚唐「花間」派詞人。皇甫松著作流傳較少，有詩詞、小說等，以詞最為著稱，在晚唐詞史上占有比較重要的地位。

【注釋】
①菡萏香連十頃陂：菡萏，即荷花。陂，水邊堤岸。
②小姑：少女。
③弄水：戲水玩耍。

【名句】

晚來弄水船頭濕，更脫紅裙裹鴨兒。

【鑑賞】

採蓮是江南的舊俗，最早表現於詩歌中，是漢樂府的《江南》。皇甫松的〈採蓮子〉共有兩首，以生機勃勃的採蓮生活為背景，集中刻畫了一位天真無邪的採蓮少女形象，生活氣息濃厚，天然樸質宛似清水芙蓉，可稱不讓〈江南〉專美於前。

開篇寫荷塘靜景。蓮蓬成熟都在秋季，但是詞人筆下的秋日荷塘卻無衰敗景象，仍是枝繁葉茂、香飄十里的繁盛。荷花亭亭，蓮葉田田，採蓮人的小舟往來穿梭，帶來一片歡聲笑語。淡筆勾勒背景，營造出生機盎然的氣氛。接下來的幾句，將筆墨集中在一位嬌憨可愛的少女身上，描繪她的一舉一動，宛如電影畫面般充滿動感。雖然她也是為著採蓮而來，可是她的心思卻全不在採蓮上：她淘氣戲水，弄得船頭濕漉漉的；她貪玩忘返，流連在蓮葉深處，晚來才回舟；她童心未泯，偷偷用紅裙包裹小鴨兒。詞人的高超之處在於截取了最富天然意趣的生活片斷，以濃墨重彩描繪人物的情態，動靜相宜，詳略得當，將天真可愛的採蓮少女形象刻畫得真實可感，惟妙惟肖。全詞洋溢著歡快向上的氣息，語言自然親切，風格清新樸實，極有民歌風味。

【今譯】

綿延的堤岸彌漫清香源自含苞的荷花，
村裡的姑娘採蓮歸遲是因為貪戀玩耍。
傍晚採蓮塘水打濕了搖晃的船頭，
又脫下紅裙去包裹捉到的小鴨。

酒泉子　司空圖

買得杏花，十載歸來方始坼[1]。假山西畔藥闌[2]東，滿枝紅。

旋[3]開旋落旋成空，白髮多情人更惜。黃昏把酒祝東風[4]，且從容[5]。

【作者】

司空圖（837-908），字表聖，自號知非子，河中虞鄉（今山西永濟）人，晚唐詩人、詩歌理論家。司空圖的詩詞，大都抒發山水隱逸之情，內容較為單薄。他在文學史上的主要成就為詩歌理論，其《詩品》把詩歌的藝術表現手法分為雄渾、含蓄、豪放、自然等二十四種風格，見解獨到，對後世的文學創作和文學批評產生了深刻的影響。

【注釋】

①坼：裂開，原指草木發芽，詞中指杏花開放。

②闌：同「欄」。

③旋：不久，形容時間過得很快。

④把酒祝東風：把酒，舉著酒杯。祝，祝願，祈禱。東風，即春風，借指春天。

⑤從容：舒緩的樣子。

【名句】

黃昏把酒祝東風，且從容。

【鑑賞】

唐僖宗廣明元年（880）冬季，黃巢起義軍攻占長安，司空圖避居家鄉河中。並於第二年春天寫作此詞，藉題詠杏花來抒寫內心彷徨失措、傷世感時的情懷，寫得深沉蘊藉，別具特色。

開篇敘事，寫十年前在家鄉買來杏花樹栽種，直到自己歸鄉後才始盛開。看似不在情理之中，卻是以杏花的多情待故人，來寫詞人乍見花開，既喜悅又憐惜的心情。接句寫賞花，以「滿枝」描繪杏花盛開的繁盛景象。花開當季，紅得耀眼，紅得熱烈，為下文的失落與感慨做好鋪墊。

下片純為抒情，首句以「旋」字敘寫光陰如電，似乎昨日還是繁花滿樹，轉眼都已成空枝。那落紅遍地的景致常人看來都會不捨歎惜，更何況是滿頭華髮、多情易感的詞人自己呢！惜花只緣惜時，悲物實為悲己，藉杏花的凋落，歎惋自己韶光已逝，好景不再，蘊含一片惆悵失意的感慨。黃巢起義後，唐王朝岌岌可危，作者的政治抱負也隨之成空，這種憂國憂己、痛楚迷惘的心聲藉詞句一一道出。末句寫詞人難以排遣內心的惆悵，於是在黃昏把酒祝禱，乞求春光為杏花再多留些時日。「且從容」三字看似淡然，卻是無限憂思所鑄。但春去花落與時代變遷，豈是人力可挽回之事？詞人此舉，明知不可為而為，哀婉之心令人動容。

【今譯】

十年前買秧栽下一顆杏樹，
十年後回鄉才見它發芽開花。
杏樹就在假山西側，藥園以東，
杏花已綻放，滿枝豔紅。

一時開一時落轉瞬又成空，
白鬢人多情，更覺得時光珍重。
傍晚舉杯獻上美好的祝福，
願春風一年一度來去從容。

清平樂　馮延巳

雨晴煙①晚，綠水新池滿。雙燕飛來垂柳院，小閣畫簾高捲。

黃昏獨倚朱闌，西南新月眉彎②。砌③下落花風起，羅衣特地④春寒。

【作者】

馮延巳（903-960），字正中，廣陵（今江蘇揚州）人，晚唐著名詞人。馮詞基本因循「花間詞派」的創作傳統，內容也多為傷春悲秋、相思恨別之作，但他常在詞中表達人生短暫、時光易逝的主題，傳遞出一種生命憂患意識，豐富了內涵，提升了境界；風格俊朗高遠、清麗委婉，對北宋初期的詞人有比較大的影響。有詞集《陽春集》。

【注釋】

①煙：霧靄。雨後薄暮時節，常有淡淡的霧靄繚繞，充滿迷離之感。
②新月眉彎：新月，指每月上旬的上弦月。眉彎，用來形容新月彎彎的樣子；古時人們稱每月初三左右的新月為娥眉月。
③砌：臺階。
④羅衣特地：羅衣，輕軟的絲織品製成的衣服。特地，加重語氣，「特別」、「非常」之意。

【名句】

砌下落花風起，羅衣特地春寒。

【鑑賞】

這首詞用細膩的筆觸描繪了江南暮春的秀美晚景，在景物描寫中烘托了人物，含蓄委婉地表達出人物內心的孤寂冷落之感。詞作語言雅潔含蓄，意境清新明麗，是「花間」派詞作中的佳品。

上片寫景，景中有人。開篇兩句寫春雨過後，水漲池滿，綠意盎然；在傍晚淡淡的暮靄中，庭院呈現出煙樹迷濛之美。這是寫閣外的遠景，也點出人物遠眺的視角，頗具閒散自在的情趣。接下來的兩句寫滿是垂柳的小院裡，飛來了歸巢的雙燕。為了把燕子輕盈飛舞的姿態看得更清楚，小閣上的人高高捲起了畫簾。這是寫閣前的近景，仍是一派悠閒自在的情態，卻是以燕子雙飛為伴來反襯主人公的孤獨寂寞。

下片寫人，情景交融。頭兩句寫閣中的人獨自倚欄望月，遙想遠人，在閒適之外流露惆悵憂傷的情懷。天色已晚，雙燕歸巢，可她仍然在倚欄遠眺，直到娥眉新月高掛樹梢，可見她等待之久、盼望之切。結尾兩句寫風吹落花、拂動羅衣的情態，含蓄地表現出「紅顏易老」的感慨，言有盡而意無窮。

【今譯】

雨停了，霧氣籠罩的傍晚，
池水一片碧綠，池塘已經漲滿。
一雙燕子飛進垂柳輕拂的庭院，
小閣樓已高高捲起了窗簾。

黃昏時獨自倚著紅色的欄杆，
西南方新月初升好似柳眉彎彎。
臺階下風起了花已凋落，
輕薄的綢衣更感覺陣陣春寒。

清平樂 李煜

別來春半，觸目①愁腸斷。砌下落梅②如雪亂，拂了一身還滿。
雁來音信無憑③，路遙歸夢難成。離恨恰如春草，更行更遠還生。

【作者】

李煜（937-978），字重光，五代十國時南唐國君，世稱「李後主」，是我國歷史上傑出的詞人。宋建隆二年（961年），李煜在金陵即位，在位十五年，在政治上無所建樹。南唐亡後，李煜被俘到汴京，封違命侯。李煜在中國詞史上占有重要的地位，對後世影響亦大。他繼承了晚唐以來「花間」派詞人的傳統，但又有所創新推動，是詞史上承前啟後的詞家。他的詞意境開闊，風格沉鬱，感情真摯，語言清麗，極富藝術感染力。有《南唐二主詞》。

【注釋】

①觸目：入目，目光所到之處。

②梅：指白梅花，開放與凋落較其他梅花略晚。白梅飛落，故有「如雪」一說。

③雁來音信無憑：古時流傳著蘇武以雁足繫書信的故事，故也稱書信為「雁書」。作者看到雁群飛過，自然而然想到了遠人的音信。憑，依靠。

【名句】

離恨恰如春草，更行更遠還生。

【鑑賞】

這首詞是抒寫思念的名篇。966年，後主七弟入宋為人質，久不得歸。後主在暮春時節思念遠在異國他鄉的親人，將滿腹的離愁別恨抒寫成篇。詞作語言清新淡雅，情感真摯自然，比喻貼切新穎，具有不朽的藝術魅力。

上片寫景，景中有情。開篇即點題，寫自分別以來，時光流逝，仍不見遠人回還，敘寫濃重的離情別緒。「春半」點明時序，正是春光大好的時節，可是作者看去卻是滿目蕭索，景致處處令人肝腸寸斷。直抒胸臆，寫作者因為思念親人而滿懷愁緒。後兩句寫落梅如雪，紛紛而下，營造迷離哀婉的氛圍。「如雪」的比喻生動形象，為本已冷寂的畫面又添一縷淒涼；「亂」的何止是「落梅」，更是作者憂傷寂寞的思緒。佇立階下，花瓣沾衣，拂去又滿，恰如作者濃重的離情，揮之不去。

下片仍是寫景寓情，視野卻拉遠，境界也更闊大。首句寫雁陣飛回，遠人卻不歸，連音信都沒有，語淺而情深；接句更進一層，寫路途遙遙，在外的人歸夢難圓，任憑家鄉思念他的人翹首企盼，語意哀婉令人動容。最後兩句以春草的連綿不斷，喻寫離愁的深廣與綿延無盡，情深無限。

【今譯】

離別後春天已經過去了一半，
滿目蕭瑟景象叫人肝腸寸斷。
臺階下梅花凋落了像飛雪一樣凌亂，
剛剛拂去了一身，很快又灑滿。

大雁飛來，音信十分渺茫，
路途遙遙，回鄉的夢終究難圓。
離愁別恨正如那萋萋春草，
走到天涯海角依然茂盛綿延。

虞美人 李煜

春花秋月何時了①，往事知多少？
小樓昨夜又東風，故國不堪②回首月明中。
雕欄玉砌③應猶在，只是朱顏改④。
問君⑤能有幾多愁，恰似一江春水向東流。

【注釋】
①春花秋月何時了：春花秋月，指歲序更迭，時光變遷。了，了結，完結。
②不堪：不能，不忍。
③雕欄玉砌：雕欄，雕花的欄杆。玉砌，玉石臺階。雕欄玉砌借指華麗的宮殿，即遠在金陵（今江蘇南京）的故國舊宮。
④朱顏改：朱顏，紅顏。改，衰減，改變，這裡指改朝換代。
⑤君：詞人自稱。

【名句】

問君能有幾多愁，恰似一江春水向東流。

【鑑賞】

這一篇〈虞美人〉為懷念故國之作，相傳也是李煜的絕命詞。詞人以悲憤傷楚的語言，抒寫亡國之痛、故國之思，情感深厚沉鬱，千百年來打動了無數人，傳唱至今。

開篇以問句起筆，語奇而情深。「春花秋月」本是世間美好的事物，也象徵時光流轉，花開月圓歲歲無休，詞人卻追問「何時了」，似乎已厭倦了歲月長河的無盡奔流，既蘊藏人生短暫無常之感，也顯露悲苦絕望的心境。接句追憶往事，而那些如煙的往事、過往的繁華如今都已隨歲月流逝，無處追尋了。詞人將滿腔悽楚，化為「知多少」一問，飽含故國之情，表達了對逝去光陰的無限追念。三、四兩句寫詞人淒涼苦楚的現實處境。小樓風起，又是一年秋月明。以一個「又」字，抒寫面對歲月無情流逝的感慨和悲涼。尾句直抒胸臆，秋月如水的夜晚，詞人登樓遠眺，遙想故國，禁不住無限哀痛湧上心頭。

過片緊承上片，以「雕欄玉砌」暗喻故國，那富麗的宮殿仍在，山河卻非舊日的山河。以「只是」表達內心的悵恨，抒發了物是人非、江山易主的無限傷痛。詞人滿腔的哀愁無處排解，化為結尾句的追問，以江水的滔滔奔湧日夜不息，喻寫哀痛的綿綿不盡無可抑止，鬱憤之情噴湧而出。

【今譯】

春花開，秋月明，何時才能罷了，
往事悠悠，現如今還能記得多少？
寄居的小樓昨夜又刮起陣陣東風，
銀色的月光下回想故國心潮久久不能平靜。

富麗堂皇的宮殿今天應該還在，
只是那昔日的江山已經更改。
試問你心中究竟有多少哀愁？
就像那一江春水日夜不息地向東奔流。

浪淘沙 李煜

簾外雨潺潺[①]，春意闌珊[②]。羅衾不耐[③]五更寒。夢裡不知身是客[④]，一晌貪歡[⑤]。

獨自莫憑欄[⑥]，無限江山。別時容易見時難。流水落花春去也，天上人間[⑦]。

【注釋】

①潺潺：本指泉水流動的聲音，詞中形容雨聲。

②闌珊：衰落，衰殘。

③羅衾不耐：羅衾，絲綢做的被子。不耐，受不住。

④身是客：指客居他國。

⑤一晌貪歡：一晌，片刻，形容時光短暫。貪歡，貪戀夢中的歡快情景。

⑥憑欄：倚欄眺望。

⑦天上人間：形容阻隔遙遠，喻相見無期。

【名句】

夢裡不知身是客，一晌貪歡。

【鑑賞】

這是一首懷念故國的詞。詞作語言自然明淨，婉轉曲折，從生活實感出發，描寫自己在囚禁生活中的真切感受，表達內心的痛苦和憂怨，抒發綿綿不盡的故國哀思，深沉哀婉，動人心魄。

上片寫一場暮春的夜雨過後，春意零落將盡；詞人五更夢回，只覺陣陣寒意襲人。「潺潺」形容雨聲淒淒切切，別有纏綿悱惻的況味。「闌珊」寫暮春漸逝，懷有寂寞難捨的意味。在這樣淒冷的氛圍中，詞人的心境自然也是淒冷的。夢中種種歡快情景叫人貪戀，彷彿身仍在故國；夢醒後卻只有冷衾苦雨相伴，更是說不出的冷寂和神傷。以「一晌」寫歡娛易逝，世事無常，哀痛之情令人歎惋。

過片借他人之句勸慰自己，不要憑欄眺望，那樣只會帶來無限的惆悵與悲苦。江山萬里，卻相見永無期，因此才有了「別時容易見時難」的深刻感慨，流露無限悲痛之情。結尾句寫春歸無處，既和上片的「春意闌珊」相呼應，又以春光比喻自己逝去的華年與歡娛的往事，寫出了對世事無力挽回的悲憤。「天上人間」一句除了要表達時間飛轉，世事變化之快，似乎也預言了自已最後的悲慘歸宿。

【今譯】

窗簾外細雨淅淅瀝瀝下個不停，
美好的春光此刻已衰殘殆盡。
綢被抵擋不住五更的淒冷。
夢中忘卻了自己已是亡國之君，
仍貪求片刻歡樂而不知所終。

莫要獨自倚著欄杆眺望，
那壯麗遼闊的江山啊，
告別容易，再見時只能在夢境。
落花隨著流水漂零，春天已經遠去，
過去和現在就像天上和人間相隔萬重。

菩薩蠻

韋莊

人人盡說江南好，遊人只合江南老①。春水碧於天，畫船②聽雨眠。
壚邊人似月③，皓腕④凝霜雪。未老莫還鄉，還鄉須斷腸⑤。

【作者】

韋莊（836-910），字端己，長安杜陵（今西安）人，唐末五代詞人。曾擔任校書郎、左補闕等官職，唐亡後在前蜀做過宰相。韋莊與溫庭筠齊名，同為「花間派」重要詞人，他的詞語言清麗，風格清朗，也較有內容。有《浣花集》。

【注釋】

①遊人只合江南老：遊人，詞中指漂泊江南的人，應是作者自謂。合，應該，應當。江南老，在江南終老，過完一生。

②畫船：裝飾華麗的遊船。

③壚邊人似月：壚，古時酒店中安放酒罈子的土墩，形狀像鍛爐一樣。壚邊人，詞中指在壚邊賣酒的女子。似月，形容她像月亮一般皎潔、美麗。

④皓腕：雪白的手腕。

⑤須斷腸：須，會，必定。斷腸，形容極度傷心。

【名句】

未老莫還鄉，還鄉須斷腸。

【鑑賞】

韋莊共寫〈菩薩蠻〉五首，互有呼應，均為回憶早年舊遊之作。本詞為其中之一，採用白描手法，記敘詞人遠遊江南的經歷，描繪了江南秀美的春景，表達了一片思鄉的深摯情懷。語言清麗，情感自然。

起首二句寫江南之美好，以「人人盡道」引起，卻是詞人藉他人之口勸慰自己：江南山明水秀，正適合遊子終老，不必再四處漂泊了。三、四兩句描寫江南水鄉秀美的景致，以及閒適優雅的生活，似乎是想進一步說服自己。「碧於天」，寫春水碧綠，頗有「春來江水綠如藍」的風致，簡潔而清麗。而詩人乘著遊船觀景，過著聽雨而眠的生活，這種安閒自在的生活，足以令人心生嚮往。

過片緊承上句，寫江南人物之美。當壚賣酒的江南女子，像天邊的月亮一樣皎潔、美麗；舉手投足間，能看得到她如霜雪般白皙的手腕。上文鋪陳這些原因，能否說服詞人留此終老？自然接入後兩句，生發出不要還鄉的感慨和叮囑，似乎是承上文而來，其實卻別有深意，蘊含一片思鄉之情。以「還鄉」透露詞人深藏的情感：江南確實是很美很好啊，但那畢竟不是遊子的故鄉。以「莫」字道盡有鄉不能歸的無奈，語淡而情悲。而「斷腸」的原因，詞人並沒有明說，也許是怕見故鄉的種種變故，也許是難捨江南的種種美好。就此戛然而止，耐人尋味。

【今譯】

人人都說江南風光好，
旅人本該在江南終老。
春水碧綠似天空般清澈一片，
你盡可乘著遊船聽著雨聲入眠。

賣酒的女孩姣美如月，光彩照人，
一雙玉腕潔白如霜雪凝成。
勸君不到老年不要還鄉，
若還鄉憶起江南傷心斷腸。

南鄉子

李珣

乘彩舫[①]，過蓮塘，棹歌[②]驚起睡鴛鴦。遊女[③]帶花偎伴笑，爭窈窕[④]，競折團蓮遮晚照[⑤]。

【作者】

李珣，生卒年不詳，字德潤，五代時前蜀梓州（今四川三臺）人，祖籍波斯。李珣是「花間」派的重要詞人，詞風清新俊雅，樸素中見明麗。《花間集》收其詞三十七首。

【注釋】

①彩舫：裝飾有彩飾的遊船。
②棹歌：划船時唱的歌曲。棹，船槳。
③遊女：指遊覽觀景的女子。
④爭窈窕：爭相炫耀自己美好的姿態。
⑤競折團蓮遮晚照：競，爭著。團蓮，指圓形荷葉。晚照，夕陽。

【名句】

乘彩舫，過蓮塘，棹歌驚起睡鴛鴦。

【鑑賞】

李珣共有《南鄉子》詞十七首，集中描繪南國水鄉的風土人情，具有鮮明的地方色彩，生活氣息濃厚，極有民歌風味。這是其中的一首，描寫的是水鄉少女在夏日乘彩舫遊荷塘的生活片斷，將時令景物、人物動態寫得繪聲繪色，引人入勝。

詞開篇即是鮮明而清新的畫面：晴朗的夏日裡，美麗的水鄉少女，乘著色彩豔麗的「彩舫」，在碧葉連天的荷塘裡穿梭遊玩，灑下一路歡聲笑語。興之所至，她們唱起了歡快的「棹歌」，嘹亮的歌聲迴響在水面，驚起了並頭而眠的雙鴛鴦。鴛鴦向來是美好愛情的象徵，看到雙飛的鴛鴦，少女們顯然被感染了，心裡有了對美好愛情的憧憬。她們折下蓮花插在髮髻裡，互相取笑著對方，依偎在一起嬉笑不斷。「偎伴笑」描繪了生動、傳神的畫面，寫出了少女們嬌憨、可愛的神態；而「爭」字又傳達出她們與女伴爭妍比美的微妙心理。歡快遊玩的時間總是過得很快，不知不覺已是夕陽落山的光景了。也許是夕陽過於耀眼，少女們競相折了圓圓的荷葉來遮擋，她們忙亂而優美的姿態是多麼可愛。

【今譯】

乘著華美的遊船，
駛過蓮花盛開的河塘，
船歌聲聲驚起了閒睡的鴛鴦。
遊玩的少女佩戴鮮花依偎嘻笑，
一個比一個苗條、漂亮，
正搶折圓圓的荷葉來遮擋傍晚的陽光。

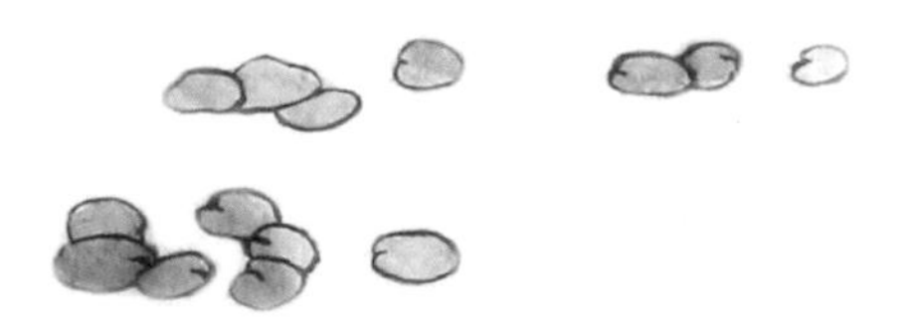

定風波　閻選

江水沉沉①帆影過，游魚到晚透寒波。渡口雙雙飛白鳥，煙嫋②。蘆花深處隱漁歌。
扁舟短棹歸蘭浦③，人去，蕭蕭竹徑透青莎④。深夜無風新雨歇⑤，涼月。露凝珠顆入圓荷。

【作者】

閻選，生卒年不詳，後蜀人，與歐陽炯、鹿虔扆、毛文錫、韓琮合稱「五鬼」。善寫小詞，當時人稱「閻處士」，是「花間」詞派代表詞人。

【注釋】
①沉沉：用以形容江水的氣勢。
②嫋：形容煙霧繚繞。
③短棹歸蘭浦：短棹，划船的小槳。蘭浦，指長滿蘭草的岸邊。
④蕭蕭竹徑透青莎：蕭蕭，形容風過竹林時的聲響。竹徑，長滿竹子的小路。青莎，一種植物，根可入藥，詞中應是泛指。
⑤歇：停歇，停止。

【名句】

江水沉沉帆影過，游魚到晚透寒波。

【鑑賞】

這首詞通過對蕭索秋景的描繪，營造出桃花源般的恬淡意境，委婉含蓄地流露了詩人的無限感懷。詞作語言清麗典雅，情感耐人尋味，是傳誦一時的名作。

上片描繪秋江景象。起句寫江波浩淼，帆影遠去，極有遼遠的意境。暮色漸臨，寒意漸濃，游魚卻乘興追逐清澈的寒波，往來穿梭，上下躍動，畫面頓顯生動可愛。一個「透」字，既寫江水的清可見底，又寫魚兒逐水的力度和興致，可謂妙絕。接下來描寫渡口的景致。晚歸的漁船紛紛歸航，隱入岸邊的蘆花叢中，不見船影，只聞漁歌。雙雙水鳥被漁歌驚起，掠過了江上的迷濛霧靄。「隱」字讓人浮想聯翩，既寫岸邊蘆花的深密，又別有飄逸的風味。

下片起首寫漁船靠岸，漁人沿著竹林間長滿青草的小路歸去。「歸」字用得平直感人，給人以溫暖安定之感。而蘭浦、竹徑與青莎，又勾畫出清新明朗的畫面，很有生機。結尾句則以「深夜」自然引起下文。在無風又無雨的靜謐深夜，作者心中似乎有著複雜的思緒，或因身世而感懷，或因離愁別緒而難以入眠。此時，天上分明掛著一彎「涼月」，照著滿腹思緒的詞人。以「涼」來形容月亮，既喻指晚來微寒，又令人感到月光的清意。而月下荷葉上，有點點露珠閃耀，意境恬淡而悠遠。

【今譯】

江水浩淼，朦朧中一隻隻舟船掠過，
魚兒到了傍晚仍在穿梭跳躍，追逐寒波。
渡口邊驚起一雙雙水鳥，又見煙霧繚繞。
蘆葦叢中傳出了一聲聲低越的漁歌。

短槳輕舟正駛向蘭草叢生的岸邊，
打漁人已離去，沿著竹間小路在綠茵中穿越。
夜深了風停雨歇，凌空一彎淒冷的明月。
顆顆露珠晶瑩剔透，輕伏在荷葉上面。

春光好　歐陽炯

天初暖，日初長，好春光。萬匯[①]此時皆得意，競芬芳。
筍迸苔錢[②]嫩綠，花偎雪塢[③]。誰把金絲裁剪卻[④]，掛斜陽？

【作者】

歐陽炯（896-971），益州華陽（今屬四川）人，「花間」派詞人。在前蜀、後蜀及宋都做過官，是《花間集·序》的作者。他寫過不少描寫南國風情的作品，為拓展「花間」詞的題材範圍做出了貢獻。

【注釋】

①萬匯：萬物。

②筍迸苔錢：迸，迸開，詞中指筍芽初生。苔錢，即苔蘚，因形圓如銅錢，故稱。

③雪塢濃香：雪塢，指積雪未消的山塢。濃香，濃郁的香氣。

④卻：助詞，用在動詞後，相當於「出」、「成」。

【名句】

天初暖，日初長，好春光。

【鑑賞】

這首詞描繪了成都春日的美麗風光，表達了作者對鄉土的滿腔摯愛之情。詞作語言婉麗多姿，感受細膩深切，將春日之美完全展現在讀者面前。

上片起首寫天氣漸暖、白日初長，世間種種都預示著大好春光的到來。經歷嚴冬的沉寂，看到滿眼春光的詞人，禁不住歎一聲「好春光」。「好」字出語平淡卻又樸素真摯，表達了作者對美好春光的由衷讚美之情。接下來寫春天到來，萬物復甦，花草林木迫不及待迎接春光，展現芬芳。

「得意」與「競」都運用了擬人手法，彷彿能看到萬物正逢其時，在美好春日爭妍鬥豔的情景，一幅濃墨重彩的春光圖躍然紙上。

下片寫新筍初生，從形如銅錢的綠苔中冒出來，一片嫩綠，顯示出勃勃生機；而繁花似錦，裝點著冬雪未消的雪塢，濃香流溢。皆是初春特有的景象，一一勾畫，春色十分。尾句寫黃昏來臨，春光又有了別樣的風情。初生的柳條在夕陽的餘光中，彷彿變成了金絲。詞人忽發奇想：不知這萬千條金絲般的柳條是誰裁剪出來的？彷彿繫住了那快要落山的夕陽。

【今譯】

天氣剛剛回暖，
白日剛剛變長，
春天來了好一派明媚風光。
萬物頓時生機盎然，
姹紫嫣紅，爭奇鬥芳。

春筍從青苔中長出，一片嫩綠，
花兒依偎積雪的山塢散發幽香。
是誰裁剪出千萬條金黃色的柳絲？
在夕陽的餘輝下輕輕拂蕩。

浣溪沙

孫光憲

蓼[①]岸風多橘柚香。江邊一望楚天[②]長，片帆煙際閃孤光。

目送征鴻飛杳杳[③]，思隨流水去茫茫。蘭紅波碧憶瀟湘[④]。

【作者】

孫光憲（？-968），字孟文，陵州貴平（今四川仁壽）人，「花間」派重要詞人。他的詞以情景交融、婉約纏綿見長，題材較為廣泛。有《北夢瑣言》等集。

【注釋】

①蓼：生長於水邊的植物，常開淡紅或白色的花。

②楚天：楚地的天空。古時，長江中游一帶曾屬楚國。

③征鴻飛杳杳：征鴻，遠飛的孤雁，詞中喻指正漸行漸遠的友人。杳杳，形容渺遠。

④蘭紅波碧憶瀟湘：蘭，即蘭草，秋日開紅花。瀟湘，本指瀟水和湘水，在湖南省匯合後並稱「瀟湘」，後來也泛指湖南。

【名句】

江邊一望楚天長，片帆煙際閃孤光。

【鑑賞】

這是一首送別之作，藉寫景表達了惜別留戀的情感。語言清秀雍容，情感真摯深婉，是膾炙人口的佳作。

起首點題，寫江邊送別。首句寫風吹橘香，彌散蓼花江岸，景致清麗。一個「多」字寫出了微風的無處不在和婉約多情，也微微流露出送別的傷感。第二句寫詞人站在江邊遠眺，只看得到那遼遠的楚天，天際一片孤帆在繚繞的霧靄中，有點點光影閃閃爍爍。「片帆」傳達出一種孤寂的送別情緒，「煙際」則更見送別時的朦朧惆悵。詞人描繪了空寂而迷濛的景象，正與此時難捨友人的心境吻合。

下片直抒胸臆，表達難捨的情懷。遠飛的孤雁消失在天際，就如那正漸行漸遠的友人，消失在視線裡。可是詞人仍站在江邊不忍離去，任思緒隨流水流向茫茫的遠方。「杳杳」和「茫茫」兩個疊詞的使用，既增強了詞作音韻的和諧，又烘托出送別時悽楚和惆悵的情緒。末句是作者對友人的殷切叮嚀：今日裡我們分別在這蓼花岸邊，請你記得這蘭草的紅與水波的碧，分別後也當時時憶起瀟湘。既有景致的描繪，又有情感的表達，讀之餘韻悠長，令人難以忘懷。

【今譯】

荷塘岸上風吹橘柚散發出陣陣清香，
站在江邊眺望，楚天啊竟是那樣寥闊綿長，
一片孤帆在煙霧中閃爍著點點星光。

眼看著南歸的鴻雁飛得無影無蹤，
思潮啊隨著流水一去茫茫。
蘭花豔紅，碧波蕩漾，願別後常憶瀟湘。

第二篇　北宋

酒泉子

潘閬

長憶觀潮，滿郭[1]人爭江上望，來疑滄海盡成空[2]，
萬面鼓聲中。
弄潮兒[3]向濤頭立，手把紅旗旗不濕。別來幾向夢
中看，夢覺[4]尚心寒。

【作者】

潘閬（？-1009），字逍遙，廣陵（今江蘇揚州）人，宋代詩人。他的詩詞構思獨特，語言奔放，很有氣魄。著有《逍遙集》。

【注釋】

①滿郭：即滿城，郭是城的外牆。

②來疑滄海盡成空：疑，懷疑，覺得是。滄海，泛指大海。盡成空，意思是海水全都倒空了。

③弄潮兒：在洶湧的潮水中游泳、競技的青少年。

④夢覺：睡醒。

【名句】

弄潮兒向濤頭立，手把紅旗旗不濕。

【鑑賞】

這首詞描繪了錢江潮湧的壯美風光，讚頌了弄潮兒們不懼風浪的無畏精神。詞作語言蒼勁有力，氣勢雄渾開闊，採用烘托和誇張的手法描繪江潮，歷來為人稱頌。

上片描寫觀潮盛況，表現大自然的奇偉壯觀。起首以回憶起筆，寫常常回想起觀潮盛況，那時杭州人傾城而出，擁擠在錢塘江邊，爭看江面潮水湧動。以「爭」、「望」二字，生動形象地表現了人們期盼潮來的熱切心情和踴躍情態。三、四兩句運用比喻、誇張等手法，寫潮勢之猛與濤聲之壯，渲染出錢江潮湧時排山倒海、洶湧澎湃的壯闊氣勢。

一個「疑」字用得恰到好處，把潮來時人們的驚喜和內心的震撼刻畫得極為傳神。

下片描寫弄潮情景，著力刻畫了弄潮兒搏擊狂濤巨浪的矯健身姿，讚揚了他們的高超技藝。前兩句純用白描手法，寫健兒們在做踩水等各種表演，手裡舉著紅旗，而旗子不被潮水沾濕，寫得有聲有色，富於動感，讓人眩目驚心。結尾由回憶轉為現實，寫離開錢塘後，幾次在夢中重見那壯觀的潮湧景象，夢醒後仍是膽戰心驚。「別來」二字與開頭的「長憶」相呼應，更加突出了潮水留給人們的深刻印象。

【今譯】

一次次想起觀賞錢塘潮的壯觀景象，
滿城的人爭先恐後向著江面上眺望。
潮水湧來時彷彿傾盡了浩瀚的大海，
那濤聲就像是擂動了萬面金鼓一樣。

游泳健兒英勇搏擊在浪頭之上，
手舉著紅旗表演啊，技藝高強。
歸來後有幾回又夢見觀潮，
夢醒了還禁不住膽寒心涼。

蘇幕遮

范仲淹

碧雲天，黃葉地，秋色連波，波上寒煙翠[1]。山映斜陽天接水，芳草無情，更在斜陽外。

黯鄉魂[2]，追旅思[3]，夜夜除非，好夢留人睡。明月樓高休獨倚，酒入愁腸，化作相思淚。

【作者】

范仲淹（989-1052），字希文，蘇州吳縣（今江蘇蘇州）人，北宋著名政治家、軍事家、文學家。范仲淹是北宋詩文革新運動的先驅，主張創作質樸的、反映社會現實的作品。他的詩、詞、散文都很出色，多抒發憂國憂民的情感，藝術上獨具風格。有《范文正公集》。

【注釋】

①寒煙翠：寒煙，寫秋意深濃，煙嵐瀰漫。翠，青綠色。

②黯鄉魂：黯，黯然。鄉魂，即思鄉的情懷。這句是說因為思念家鄉而黯然銷魂。

③追旅思：追，追隨，詞中有糾纏難解之意。旅思，漂泊天涯的愁緒。這句是說漂泊天涯的愁緒一直在心頭縈繞。

【名句】

碧雲天，黃葉地，秋色連波，波上寒煙翠。

【鑑賞】

這首詞抒寫鄉思旅愁、離情別恨，題材雖然常見，但詞作氣象宏大開闊，情感誠摯深沉，是一首千古佳作。

上片描寫秋天遠大開闊的景致。首句寫長空澄碧，流雲飛捲，無邊黃葉鋪滿大地，展現了接天連地、蒼茫遼遠的秋景，一改秋之蕭索的氣息，反令人胸襟開朗。濃郁秋色連綿無盡，與天際的浩渺秋水連成一片；江波之上，寒煙輕籠，翠意朦朧。江上的霧靄本應是無色的，但與碧波藍天輝映，遠望去彷彿也成翠色，令秋意更添色彩。最後寫夕陽照耀，天水一色，無邊芳草伸向遠方，直伸向斜陽照不到的天涯。以天涯芳草喻鄉愁離情，天涯可見，故鄉渺遠，引起詞人的故園之思。由寫景自然過渡到抒情，筆法高妙。

過片直抒胸臆，寫作者常因思念家鄉而黯然銷魂，漂泊天涯的愁緒一直在心頭縈繞。鄉愁揮之不去，詞人夜夜難眠，做不成歸鄉的好夢。情感深摯，令人動容。明月之夜，清景無限，正適合登樓遠望，詞人卻歎「休獨倚」，是自我勸慰與開解，反襯出一片鄉思離愁的深重難解。為排遣內心的惆悵，作者以酒澆愁，卻化作點點思鄉的珠淚灑下，令人心生無限感傷。

【今譯】

湛藍的天空白雲飄蕩，
枯黃的落葉灑滿地上，
滿目秋色與江中碧波相連，
江面上陰冷的霧氣籠罩，一片迷茫。
夕陽映照山巒，天水渾然一體，
那漠漠無情的野草啊，
遠離夕陽，更顯得綿延蒼莽。

我日夜思念家鄉，滿懷惆悵，
追思不斷縈繞在我的心房，
每日夜晚除非走進回鄉的夢中，
孤寂的我才能睡得安詳。
月朗星稀莫要獨自在高樓倚欄眺望，
要知道美酒進入愁腸，
會化作思鄉的淚水濕透衣裳。

漁家傲

范仲淹

塞下秋來風景異[1]，衡陽[2]雁去無留意。四面邊聲連角起[3]。千嶂[4]裡，長煙落日孤城閉。

濁酒一杯家萬里，燕然未勒[5]歸無計。羌管悠悠[6]霜滿地。人不寐[7]，將軍白髮征夫淚。

【注釋】

①塞下秋來風景異：塞下，邊境要塞，詞中指西北邊境地區。風景異，是說邊塞秋日景象蕭瑟、荒涼，與南方大不相同。

②衡陽：今湖南衡陽。南有回雁峰，相傳北雁南飛，至回雁峰而止。

③邊聲連角起：邊聲，泛指邊塞的聲音，如風號、馬鳴等，多含悲壯、蒼涼的意味。角，即畫角，軍中的一種樂器。

④嶂：指像屏嶂一樣高聳、險峻的山峰。

⑤燕然未勒：燕然，即杭愛山，在今蒙古國境內。勒，在石碑上刻字，記載功勳。這裡用了漢代大將竇憲的典故，他曾奮勇追敵三千里，登上燕然山後，刻石記功而返。未勒，指強敵未破，功業未成。

⑥羌管悠悠：羌管，即羌笛。悠悠，形容笛聲悠揚。

【名句】

人不寐，將軍白髮征夫淚。

【鑑賞】

這是一首著名的邊塞詞，表現了作者渴望為國禦敵、建功立業的理想，以及思念家鄉親人的複雜思緒。詞作語言蒼勁有力，風格慷慨悲壯，開啟了宋代豪放派的詞風。

起首句寫邊塞秋日景象，荒涼蕭索而又遼遠壯闊，與作者熟知的南方風景大不相同。以「異」字強調，令人印象深刻。下句寫南歸大雁每到秋來便毅然飛去，沒有一絲留戀之意，反襯出邊地的荒涼冷寂，用筆簡潔有力。接句勾畫戰時邊塞的悲壯氣象。軍中畫角吹響，邊聲隨之四起，渲染蒼涼、悲壯的氣氛。斜陽籠罩，千山環繞，長煙直上，一座孤城緊閉。寥寥數筆，描繪出雄偉壯闊的畫面，突出了塞外風光的遼遠與蕭索。「孤城閉」則給人以冷寂之感，也在暗示敵強我弱、戰事不利的軍事形勢。

下片側重抒情。戍邊將士們借酒澆愁，但一杯濁酒怎能抵禦鄉關萬里的愁思？久困孤城，他們早已歸心似箭，然而邊患未平、功業未成，還鄉之日自然遙遙無期。借「燕然」典故抒發報國之志，寫將士們渴望早日建功立業，能榮歸故里。明月如水，秋霜滿地，不知從哪裡傳來悠悠的羌管聲，驚醒了滿腹思緒的邊關將士。壯志難酬的悲慨、鄉關萬里的愁緒一起湧上心頭，此情此景，怎不令將軍白頭、征夫垂淚呢？

【今譯】

邊塞的秋天景色異常悲涼，
大雁向衡陽飛去，毫不留戀這塊地方。
風嘯馬鳴伴著號角在四周響起，
群山層層環繞如同屏障，
孤寂的小城門樓緊閉，暮色蒼茫。

一杯濁酒排解不掉離家萬里的憂傷，
尚未退敵立功又怎能返回家鄉。
羌笛聲聲哀怨，地上鋪滿銀霜。
遠征的人難以入眠啊，
將軍滿頭白髮，戰士熱淚盈眶。

雨霖鈴

柳永

寒蟬淒切[1]，對長亭晚，驟雨初歇。都門帳飲
無緒[2]，留戀處、蘭舟[3]催發。執手相看淚
眼，竟無語凝噎[4]。念去去[5]、千里煙
波，暮靄沉沉楚天闊。
多情自古傷離別，更那堪、冷
落清秋節！今宵酒醒何處？
楊柳岸、曉風殘月。此去
經年[6]，應是良辰好景
虛設。便縱有千種
風情，更與何
人說？

【作者】

柳永（987？-1053？），原名三變，字耆卿，崇安（今屬福建）人，北宋詞人。他的詞多描繪城市生活及羈旅行役的情感，對宋詞的發展有一定影響。有《樂章集》。

【注釋】

①淒切：形容知了的叫聲淒慘而急促。

②都門帳飲無緒：都門，指京城的城門，詞中指城郊。帳飲，設置帳幕，擺下酒宴，與友人話別。無緒，因為分別在即而心緒不安，沒有好情緒。

③蘭舟：木蘭舟，是船的美稱。

④凝噎：形容喉嚨哽咽，說不出話來。

⑤去去：一程又一程，愈行愈遠。

⑥經年：年復一年。

【名句】

今宵酒醒何處？楊柳岸、曉風殘月。

【鑑賞】

這首詞描寫與戀人長亭分別的情景，表達天涯漂泊的愁緒。詞作寫情狀景語出自然而又情深無限，給人強烈的感染力，不愧是抒寫別情的佳品。

上片敘寫別離時的情景。寒蟬已覺秋意襲人，叫聲偏又淒淒切切；黃昏本就冷落、清寂，何況又是秋雨初歇！詞人捕捉最為蕭索淒冷的景致，渲染出一片濃重的離別氛圍。城外設宴送行，心中滿是離情，哪有心思飲酒。正依依不捨，蘭舟卻不識時務催人上路。以「催」字描摹離人不忍分又不得不分的心理，細膩動人。接句寫難捨之狀。臨別在即，心中有千言萬語，卻是淚眼相對，哽咽難言。這一去千里茫茫，路途的終點是那暮靄籠罩下的遼闊楚天。以想像中的蕭瑟景象，突出自己無限傷感的情緒。

下片抒發別離後的感慨。前兩句似為自己辯解：自古以來，多情的人最怕分別，更何況是在這冷落、清寂的秋節，怎能不生出萬端愁緒？接下來為想像之詞：今日你我離別痛飲，不知酒醒後我身在何處，也許是在楊柳岸邊，獨對曉風殘月吧。以細膩感傷的口吻，抒發了天涯漂泊、形孤影隻的無限離情。末尾四句更深一層推想離別後慘不成歡的景況：良辰美景無人共賞，千種情懷無人傾訴，訴說「知己難覓」的不盡愁思，把情感表達推向極致。

【今譯】

秋蟬鳴叫得十分悲切，
眼前的長亭已被蒼茫的暮色罩滿，
一場急風暴雨剛剛停歇。
在城外幕帳中飲酒話別情緒低沉，
正當依依難捨時分，
船兒已催人出發，就要離開江岸。
我們手握著手，相互凝望著淚眼，
千言萬語都哽咽在心間。
想到這一去千里茫茫，路途遙遠，
那裡竟是霧靄彌漫的遼闊的楚天。

多情的人自古都為離別而傷感，
更難過的是我們竟分手在這淒冷的秋夜！
今晚酒醒時我將置身何處？
恐怕在那楊柳拂蕩的岸邊，
面對著蕭瑟的晨風和清寂的殘月。
這次離別後將年復一年，
即便是遇到良辰美景也無心遊覽。
內心隱藏著千般情懷，
又能對何人傾訴這悠悠思念？

天仙子 張先

〈水調〉①數聲持酒聽，午醉醒來愁未醒。送春春去幾時回？臨晚鏡，傷流景②，往事後期空記省。沙上並禽池上暝③，雲破月來花弄影④。重重簾幕密遮燈，風不定，人初靜，明日落紅⑤應滿徑。

【作者】

張先（990-1078），字子野，烏程（今浙江湖州）人，北宋詞人。他的詞與柳永齊名，多描寫當時的文人生活，含蓄工巧，很有意韻。有《張子野詞》。

【注釋】

①〈水調〉：曲調名，為唐宋時名曲。

②流景：景，日光。流景，似流水般消逝的光陰。

③並禽池上暝：並禽，成雙成對的鳥兒，應該是指鴛鴦。暝，安睡。

④花弄影：形容花影搖動的樣子。

⑤落紅：即落花。

【名句】

沙上並禽池上暝，雲破月來花弄影。

【鑑賞】

這是一首為人稱道的佳作。詞人藉惜春傷春的感懷，抒發壯士暮年、老大無成的感慨。詞作語言精巧凝煉，情景有機交融，令人回味。

起首一句似乎是平鋪直敘，敘述詞人飲酒聽曲，一派閒適。而下句卻蕩開一筆，寫詞人帶著醉意與憂愁悶悶睡去，醒來後酒意已消，愁卻「未醒」。可以看出詞人心中濃重的哀傷抑鬱，連美酒與名曲都不能化解。接下來寫年年送春歸去，卻不知它何時回還，感歎春去無情，抒發內心惜春、傷春的情感。無限憂愁中，詞人攬鏡自照，卻發現自己的華年就像春光一樣逝去，只剩下對美好往事的追憶和惋惜。以一個「空」字，把一腔自怨自艾的情懷寫得格外惆悵動人。

下片寫晚景。為排遣心中苦悶，詞人在池畔漫步，沙岸上鴛鴦並頭而眠，反襯出詞人的形影相弔。正惆悵時，卻看到明月衝破濃雲，風來徐徐，花影在月下搖曳生姿，如此美景自然給詞人帶來欣喜。這句中「破」和「弄」字極富動感，生動而細膩，不愧是千古傳唱的佳句。結尾三句寫詞人由喜悅重又跌入苦悶中。「重重」寫屋內簾幕低垂，既是寫實，也暗喻了作者繁重的無法剝解的愁思。夜愈深了，人們早已睡去。而詞人聽著屋外呼嘯不停的風聲，卻想到明日一定是落紅滿徑的淒涼景象。既歎惋春光的流逝，又感慨自己的壯士暮年，含蓄而深沉。

【今譯】

一面飲酒，一面傾聽〈水調〉聲聲哀婉，
中午醒來醉意消散了，愁緒卻未間斷。
送走了春天，它何時才能回還？
傍晚鏡前，不禁為韶華早逝而傷感，
往事歷歷經常在心頭盤桓。

禽鳥雙雙安睡在池邊的沙灘，
雲散了，月兒升起，花枝迎風招展。
層層簾幕遮住了燈光點點，
風未停歇，人已入眠，
明晨落花又會灑滿那小徑庭院。

蝶戀花

晏殊

檻[①]菊愁煙蘭泣露，羅幕輕寒[②]，燕子雙飛去。明月不諳離恨苦，斜光到曉穿朱戶[③]。

昨夜西風凋[④]碧樹，獨上高樓，望盡天涯路。欲寄彩箋兼尺素[⑤]，山長水闊知何處！

【作者】

晏殊（991-1055），字同叔，撫州臨川（今屬江西）人，北宋著名詞人。他的詞多表現文人士大夫的悠閒生活與情致，語言婉麗，風格典雅。有《珠玉詞》。

【注釋】

①檻：欄杆，一般指窗戶下或長廊旁的欄杆。

②羅幕輕寒：羅幕，絲羅做的帷幕。輕寒，微微的寒意。

③斜光到曉穿朱戶：斜光，指殘月流瀉的清光。朱戶，朱紅色的門戶，泛指富貴宅第。

④凋：凋落。

⑤欲寄彩箋兼尺素：彩箋，彩色的信紙，印製精美，可供題詠和寫信，這裡指書信。尺素，漢代時通行在一尺長的素絹上寫信，稱「尺素」。

【名句】

昨夜西風凋碧樹，獨上高樓，望盡天涯路。

【鑑賞】

這首詞描繪暮秋時節蕭索的景致，傳達了作者傷高懷遠的情感。詞作情致婉約纏綿，境界卻極高遠遼闊，是懷遠詞中的上乘之作。

起首幾句描寫深秋景物。霧靄輕煙籠罩秋菊，似有無限輕愁；叢叢蘭草帶露，彷彿正潸然淚下。以「愁」、「泣」這樣擬人化的字眼，渲染詞人悲涼、孤寂的心態，讀來令人黯然神傷。雖只有微微的寒意襲來，卻似乎連重重羅幕都難以阻隔，加重了詞人內心淒涼的感受。燕子不耐深秋寒意而雙雙飛去，既自然點明時令，又以「雙飛」反襯人的孤單，營造冷落淒清的氣氛。接句寫明月無情，不懂得人間離別的愁苦；那如水的清光從晚到曉，穿過瑣窗朱戶，總是照著因思念而無眠的人。藉對明月的嗔怪之情，表達因離別而惆悵傷感的心境。

過片寫登樓望遠。昨夜西風勁吹，今晨登上高樓才見碧樹凋零。以「凋」字強調深秋景致的變化，使原本淒迷慘澹的氣氛又增添了幾分蕭瑟和凜冽。詞人高樓眺望，只看得到那遠接天涯的漫漫長路。仍是敘述不見遠人的離情別緒，境界卻更為高遠闊大。詞人為離情別緒所苦，自然想在彩箋上寫長信寄送思念。可是，山長水闊，連思念的人的蹤跡都不知道，要把信寄到哪裡呢？滿腔思念無從寄，只留一片悵惘之情，境界更為深遠。

【今譯】

欄邊的菊花在霧氣中哀愁，蘭草滴淚如露珠，
秋寒輕輕襲來，透過了層層帷幕，
小燕子已成雙成對地飛走。
月兒不懂得人間離別的苦痛，
一直照到天明又穿過紅色的門戶。

昨夜西風乍起，吹黃了綠樹，
我獨自無言登上高樓，
放眼眺望那伸向遠方的道路。
多麼想寫封長信寄給友人，
山重水複，不知他身在何處！

破陣子

晏殊

燕子來時新社[①]，梨花落後清明[②]。池上碧苔三四點，葉底黃鸝一兩聲，日長飛絮[③]輕。
巧笑[④]東鄰女伴，採桑徑裡逢迎[⑤]。疑怪昨宵春夢好，原是今朝鬥草[⑥]贏，笑從雙臉生。

【注釋】

①新社：古時，春、秋兩季各有一次祭祀土地神的日子，分別叫「春社」和「秋社」。詞中的新社指春社，在立春之後，相傳此時燕子會從南方飛回來。

②清明：即清明節。

③飛絮：飄飛的柳絮。

④巧笑：形容笑得很甜美。

⑤逢迎：相遇，相逢。

⑥鬥草：古時女子們常玩的一種遊戲，參加者各自採摘花草，以少見而吉祥者為勝。

【名句】

燕子來時新社，梨花落後清明。

【鑑賞】

這首詞純用白描，描寫春天秀美的風光，並以活潑的筆調塑造了天真爛漫的少女形象。全詞充滿盈著歡樂和青春的氣息，是一首清新活潑，具有淳樸的鄉間氣息的佳作。

上片寫景，展現一派大好春光。春社日時，燕子飛回；梨花飄落，清明即來。這兩個節氣相連，正是春天最美最好的季節。詞人只是淡筆勾勒，春天的氣息便撲面而來。接下來的幾句描寫小園景致：小池幽靜，漂著星星點點的綠苔；樹葉蔥籠，偶爾聽到三兩聲黃鸝鳴聲；春日漫長，整日只見柳絮隨風飛舞。畫面色彩明豔，而又充滿靜謐的春日氣息。

下片寫人物。春光明媚的時節，少女們忍不住呼朋引伴出外遊玩。於是，在採桑的路上，巧笑倩兮的姑娘們相遇了。「巧笑」展現聰明而調皮的神氣，「採桑徑」又提供了一個優美的背景。展現少女們活潑開朗的情態，流溢出輕鬆愉快的氣息。後三句描寫少女們交談時的快樂情景，訴說昨夜晚做了一個美夢，好像是一個好兆頭，今天「鬥草」果然贏了夥伴。愈說愈快樂得意，禁不住「笑從雙臉生」，這笑容非常自然天真，反映了少女純真爛漫的感情。

【今譯】

燕子飛來正是春天喧鬧的時節，
梨花凋零迎來陽光和煦的清明。
池塘水面上碧綠的苔錢星星點點，
蔥翠的樹葉下黃鶯啼唱一聲、兩聲，
白晝變長了，嬌柔的柳絮舞姿輕盈。

東邊鄰居的姑娘們洋溢著燦爛的笑容，
娉婷走來，在採桑的小路上相逢。
訴說著昨夜做了個美夢，
今早踏青鬥草果然取勝，
美麗的笑靨掛在臉上，格外動人。

木蘭花 宋祁

東城漸覺風光好，縠縐[①]波紋迎客棹。
綠楊煙外曉寒輕，紅杏枝頭春意鬧。
浮生[②]長恨歡娛少，肯愛千金輕一笑[③]。
為君持酒勸斜陽，且向花間留晚照。

【作者】

宋祁（998-1061），字子京，開封雍丘（今屬河南）人，宋代史學家、文學家。他的詞內容較為狹窄，語言工巧。有《宋景文公長短句》。

【注釋】
①縠縐：一種有皺紋的絲織品，詞中比喻湖水的粼粼波紋。
②浮生：漂浮無定的短暫人生。
③肯愛千金輕一笑：肯，豈肯，豈能。愛，愛惜，吝惜。輕，輕視。

【名句】

綠楊煙外曉寒輕，紅杏枝頭春意鬧。

【鑑賞】

這首詞描繪和讚頌了明媚的春光，表達了愛美惜春、珍視人生的情懷。詞作語言華美明快，章法清晰井然，是傳誦一時的名作。宋祁也因為詞中佳句而被稱為「紅杏尚書」。

上片寫早春風景，春光燦爛。起首寫東城春意漸濃，風光漸好；春水如藍，碧波蕩漾，遊客們乘著畫船熱鬧往來。以「漸」字寫春意一天比一天濃郁，用筆細膩而生動。用「縠縐」描摹微微蕩漾的水波，生動貼切。嫩綠楊柳輕拂，淡淡晨霧彌漫，早春的清晨還有一絲寒意。以「輕」字寫出了早春的天氣特點。紅杏在枝頭競相開放，帶來一派盎然春意和勃勃生機。「鬧」字運用通感的手法，化視覺為聽覺，將繁麗的春色描寫得十分生動。

下片抒懷，面對無限春光，詞人油然而生留戀與珍惜的感慨。人生短暫而世事無常，本來就苦多樂少，希望自己與友人不要吝惜金錢，輕易放棄這歡樂的瞬間。結尾句寫詞人為使這次春遊盡興，要為同遊的朋友舉杯把夕陽留住，請它在花叢間多陪伴些時候。「勸」字用得很有情趣，寫出了詞人對美好春光的留戀之情。

【今譯】

東郊原野的風光愈來愈好，
春水微波蕩漾，迎來遊客搖動船棹。
綠楊淡霧瀰漫，清晨寒氣輕嫋，
紅杏掛滿枝頭，呈現出春意盎然的喧鬧。

人生飄忽不定，常怨恨歡樂太少，
豈肯愛惜千金而輕易放棄難得的一笑？
為了你舉酒奉勸夕陽停住腳步，
暫且向燦爛的花叢留下明麗的晚照。

采桑子

歐陽修

輕舟短棹西湖[1]好，綠水逶迤[2]，芳草長堤，隱隱笙歌[3]處處隨。
無風水面琉璃滑[4]，不覺船移，微動漣漪[5]，驚起沙禽掠岸飛[6]。

【作者】

歐陽修（1007-1072），字永叔，別號醉翁，廬陵（今江西吉安）人，北宋傑出的文學家，唐宋八大家之一。他在詩、詞、散文方面都有較高的成就，詞多抒發個人志向，風格清峻。有《歐陽文忠公集》。

【注釋】

①西湖：指潁州西湖，在今安徽阜陽西北，是當時的風景名勝。
②逶迤：曲折而綿延不盡的樣子。
③笙歌：指音樂聲和歌聲。笙，笙管，一種管樂器。
④琉璃滑：琉璃，一種燒製而成的釉料。滑，平滑無痕。
⑤漣漪：指水的波紋。
⑥掠岸飛：掠過湖岸低低地飛翔。掠，掠過，擦過。

【名句】

輕舟短棹西湖好，綠水逶迤，芳草長堤。

【鑑賞】

詞人共為穎州西湖寫下十首〈采桑子〉，這首詞是其中之一，描寫春日泛舟西湖所見到的美麗景色，表達了作者由衷的喜愛之情。詞作語言清新可愛，意境優美動人，讀來令人流連忘返。

上片寫景，營造安謐恬靜的氣氛。首句寫詞人划著小船在西湖上漫遊，悠然自在地隨處觀賞，自然而然地生出「西湖好」的感歎。簡潔明瞭，飽含作者的讚美之情。接句描述舟中所見：春水蜿蜒曲折，綿延不盡；綠草茂盛，遮蓋了長長堤岸。用清淡的筆觸，勾畫出淡遠的水墨畫卷。船兒慢慢前行，時時能聽到若隱若現的歌聲樂聲。以「隱隱」和「處處」兩個疊詞，恰到好處地寫出了「笙歌」的忽隱忽現，有朦朧而婉約的氣息。

下片寫湖上行舟。開頭一句用一個形象生動的比喻，寫無風時的水面宛若琉璃般清滑。下句「不覺船移」用語平直自然，卻更可見風平浪靜，水面平滑。忽然有微風吹拂水面，泛起陣陣漣漪。這時，水中的水鳥受驚起飛，掠過沙岸飛向高空。一個「掠」字，寫出了水鳥靈動快捷的身姿和驚慌失措的情態，也使靜態畫面轉為動態，生機無限。

【今譯】

短槳小船漂遊，西湖風光美好，
碧綠的湖水綿延不斷分外妖嬈，
茂盛的草叢鋪滿了長長的堤岸，
隱約的笙歌隨處可以聽到。

風靜時水面琉璃般清滑，
連船兒行走也不知曉，
只見那水波微微蕩起，
驚動了沙鷗向著岸上飛去。

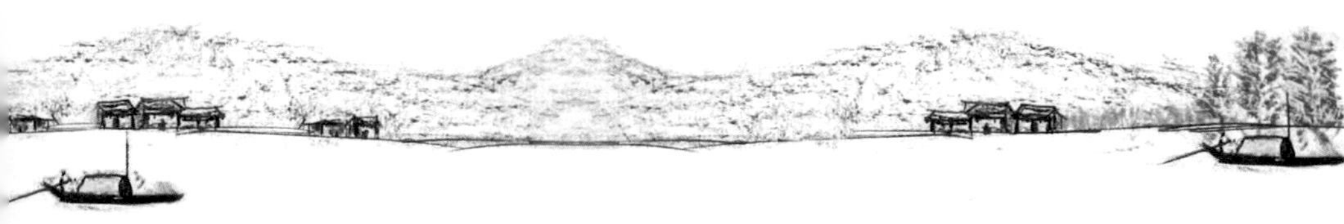

浪淘沙

歐陽修

把酒祝東風，且共從容[1]。垂楊紫陌[2]洛城東。總是當時攜手[3]處，遊遍芳叢[4]。

聚散苦匆匆，此恨無窮。今年花勝去年紅。可惜明年花更好，知與誰同[5]？

【注釋】

①從容：悠閒舒緩。

②紫陌：指京城郊外的道路。

③攜手：指與友人結伴同遊。

④芳叢：即花叢，詞中指百花盛開的園林。

⑤同：共同，一道。

【名句】

聚散苦匆匆，此恨無窮。

【鑑賞】

詞人與友人在洛陽遊春時，回想起往日在城東舊址攜手同遊的情景，又感傷於即將到來的離別，不禁生發出人生聚散無常的感歎。這首詞抒寫的正是這樣的情感。詞作把離別的情緒傾注於賞花中，以賞花寫別情，構思新穎，感人至深。

上片回憶昔日與友人洛城遊春賞花的歡樂情景。起首兩句另闢蹊徑，通過對春風的祝願和希求，表達對相聚時歡樂時光的珍惜之情。接下來的三句是作者對美好往事的回憶。就在這洛城東郊，長滿垂柳、開滿鮮花的蜿蜒古道上，有我們攜手同遊、賞花觀景的身影。以「芳叢」為回憶創設了優美動人，也有些感傷纏綿的意境和背景；而「總是」一詞則寫出了作者與友人的深厚感情。

下片寫將與友人分離的惆悵無奈之情。前兩句直抒胸臆，剛剛相聚，轉眼就要分手，聚散如此無常，怎不令人無限悵恨？下句仍是描寫今日同遊的時光，你我相聚分外欣喜，似乎連花也比往昔開得紅豔，表達了對友人的深情厚誼。但是花開再好，也不能阻擋分離的到來。想來，明年花開一定更加繁盛，但是，同遊賞花的人，又在哪裡呢？「知與誰同」禁不住讓人黯然神傷，一種深刻的感傷油然而生。

【今譯】

舉起酒杯祝願和煦的春風，
請停下腳步，同我們一起留駐花城。
紫色的古道上垂柳依依，延至郊外城東。
記得當年我們攜手結伴，
遊遍了這裡的名園花亭。

長感歎聚也匆匆，散也匆匆，
這樣的缺憾遺恨無窮。
今年花開勝過去年嫣紅，且與君相共。
可惜啊，明年的牡丹會更加嬌豔，
卻不知與何人結伴同行？

菩薩蠻

王安石

數間茅屋閒臨水，窄衫短帽[1]垂楊裡。花是去年紅，吹開一夜風。

梢梢新月偃[2]，午醉醒來晚。何物最關情[3]，黃鸝三兩聲。

【作者】

王安石（1021-1086），字介甫，臨川（今屬江西）人，北宋傑出的政治家、文學家，唐宋八大家之一。他做過宰相，領導過歷史上著名的「王安石變法」。他的詩文表現了自己的政治見解和對人民的同情，有著鮮明的傾向性。詞作不多，風格豪放沉鬱。有《王臨川集》等。

【注釋】

①窄衫短帽：與冠帶、蟒服相對的平民服飾，指脫下官服，換上日常家居的衣服。

②梢梢新月偃：梢梢，垂而細長的樹梢。新月偃，即偃月，指月半彎時。

③關情：令人動情，牽動人的情懷。關，牽動，牽連。

【名句】

花是去年紅，吹開一夜風。

【鑑賞】

變法失敗後，王安石退居江寧，這首詞寫於他隱居江寧半山時。詞作敘寫閒適的生活狀況，在故作放達的描述中，流露出憂國憂己的情懷。

上片寫自己的現實處境。起首寫幾間茅屋臨水而建，這就是詞人生活的地方，雖然簡陋，環境卻清幽。換下過去的冠帶、蟒服，穿起「窄衫短帽」這樣平民的衣冠，在垂楊小徑悠閒地漫步。對閒適生活的描述，表露詞人的淡泊心境和超然物外的境界。接句寫一夕春風吹來，百花盛開。可在作者看來，似乎還比不上往年的花那樣嫣紅。這當然不是對花事的簡單判斷，而是融聚了作者對時光流失的感慨，以及壯志未酬的悵恨。

下片寫景。開頭仍寫閒適安逸的生活狀態。午醉醒來，天色已晚，窗外彎彎的新月早就掛在柳梢枝頭。表面上一派閒適，實際是故作放達，藉「午醉」表達內心的惆悵和身世之傷。結尾句以自問自答抒發志向。眼前還有什麼牽動我的情懷？就是那黃鸝動聽的鳴叫。決意要與鳥語花香為伴，再不理人世的紛擾。以放達之語尋求解脫，反寫出憂國憂己的無限愁緒，令人感歎。

【今譯】

幾間茅草房閒散地依著水面，
緊衣小帽我站在垂柳中間。
鮮花還是去年開得嫣紅，
一夜春風使它們綻放人前。

柳梢枝頭停駐一彎新月，
中午醉酒醒來已很晚。
還有什麼最牽動我的情懷？
是那黃鶯三聲兩聲的啼喚。

卜算子 送鮑浩然之浙東 王觀

水是眼波橫①，山是眉峰聚②。欲問行人③去那邊？眉眼盈盈處④。

才始⑤送春歸，又送君歸去。若到江南趕上春，千萬和春住⑥。

【作者】

王觀，生卒年不詳，字通叟，如皋（今屬江蘇）人，北宋詞人。

【注釋】

①水是眼波橫：水像眼波一樣閃爍蕩漾。
②山是眉峰聚：山如眉峰一般聳峙。
③行人：遠行的人，指作者的友人。
④眉眼盈盈處：比喻山水秀美的地方。盈盈，美好的樣子。
⑤才始：剛剛，方才。
⑥和春住：把春天留住。住，停留。

【名句】

水是眼波橫，山是眉峰聚。

【鑑賞】

友人鮑浩然將要回浙東省親，王觀寫下這首詞為他送行。詞作語言俏皮風趣，比喻新穎巧妙，構思別致新奇，風格活潑輕快，在送別詞中別具一格。

起首兩句寫友人遠行，這一路的山水都來相伴，那清澈的水波彷彿少女的眼波一樣閃爍蕩漾；那連綿的遠山彷彿少女的眉峰一樣高揚攢聚。把山水比喻成眼波和眉峰，賦予山水以生命和性情，而且柔媚多姿，叫人浮想聯翩。三、四兩句使用設問句，點明友人此行的去處，正是那江南山水最迷人的地方。以「眉眼盈盈」打比方，既寫出江南山水的清麗明秀，又使無知覺的山水變得有情而又充滿靈性。

下片仍寫送別。前兩句寫剛剛送春天離去，又要送友人還鄉。既點明時令為暮春，又比喻友人彷彿追隨著春天的腳步而遠行，使本應黯然的離別變得輕鬆愉快，充滿著暖暖的春意。結句承上文而來，想像友人的家鄉，一定還是山明水秀、春光明媚的時節，那就不要辜負這大好春光，一定要把春天留住。「春」字語帶雙關，既指春光明媚的季節，也形容家人團聚的快樂時光。

【今譯】

綠水是少女的眼波橫流，
青山是少女的眉峰高揚。
請問你遠行將到哪裡去？
到那山水最迷人的地方。

剛剛才把春天送走，
現在又要送你還鄉。
如果到江南趕得上春天，
千萬把她留住，莫要彷徨。

菩薩蠻

晏幾道

哀箏一弄〈湘江〉曲[①]，聲聲寫[②]盡江波綠。纖指十三弦[③]，細將幽恨傳。
當筵秋水慢[④]，玉柱[⑤]斜飛雁。彈到斷腸時，春山眉黛[⑥]低。

【作者】

晏幾道（1030？-1106？），字叔原，號小山，撫州臨川（今屬江西）人，北宋著名詞人。他的詞多描寫悲歡離合之情，抒發人生失意之苦，語言典雅，情致哀婉。有《小山詞》。

【注釋】

①哀箏一弄〈湘江〉曲：箏，一種弦樂器。一弄，即一曲。〈湘江〉，樂曲名，曲調悲涼。

②寫：意為描摹。

③十三弦：古時箏只有十三根琴弦，到現代才發展為二十五弦。

④秋水慢：秋水，比喻清澈晶瑩的眼波。慢，形容凝神屏息的樣子。

⑤玉柱：箏每弦以竹製的箏柱支撐固定，可以調節音律。

⑥春山眉黛：春山，本指春天的青色遠山，詞中用來比喻彈奏者的黛色雙眉。黛，一種青黑色的顏料，古時女子用以畫眉。

【名句】

哀箏一弄〈湘江〉曲，聲聲寫盡江波綠。

【鑑賞】

這首詞描寫彈箏的場面，用細膩的語言，通過富有表現力的動作、神態描寫，塑造了一位琴技高超的彈箏女子形象，很有藝術感染力。

起首兩句開門見山，寫彈奏者用古箏彈奏湘江名曲，那哀婉悽楚的曲調在筵席間迴旋蕩漾，令人彷彿看到湘江清澈的江水波濤，一聲聲流瀉出千古的悲愴。以「哀」形容箏曲淒婉，也傳達出自己聽箏曲時的憂傷心情。而「寫」字用得新穎獨特，把彈箏者演奏樂曲，比作文人用筆來書寫內心情思，令人耳目一新。接句寫彈奏者的高超技藝。她纖細的手指在箏上翻飛，細細彈奏，將箏曲所蘊含的情感淋漓盡致地傳達出來。

下片寫彈箏者的情態。首句寫箏女彈奏時全神貫注的情態，她的眼波隨琴曲顧盼，彷彿秋水蕩漾生情。既寫出彈奏者高超的琴藝，也寫出她從容自信而又沉靜柔婉的姿態。下句描寫箏上的十三箏柱有序排列，好似斜飛的雁陣一般。結尾兩句仍寫彈奏者的情態，每逢箏聲哀怨無比時，她低垂的眼眉，好似春天的遠山那樣迷濛秀美。「春山」與上文「秋水」相呼應，令人回味無盡。

【今譯】

哀怨的古箏彈奏一曲〈湘江〉在席間迴蕩，
一聲聲流瀉出江水波濤千古含恨的悲愴。
纖細的手指在十三根琴弦上來回跳動，
一弦弦將那內心的幽怨訴說傳揚。

面對盛筵，雙目顧盼似秋水蕩漾，
玉製的箏柱斜排如高飛的大雁一行行。
每逢彈奏到悲傷欲絕的時候，
她斂眉垂目，似雲霧籠罩的遠山那樣迷茫。

浣溪沙

蘇軾

簌簌①衣巾落棗花，村南村北響繅車②，牛衣③古柳賣黃瓜。
酒困路長惟欲睡，日高人渴漫思茶，敲門試問野人家④。

【作者】

蘇軾（1037-1101），字子瞻，號東坡居士，眉州眉山（今屬四川）人，北宋著名的文學家、書畫家，唐宋八大家之一。蘇軾學識淵博，多才多藝，在書法、繪畫、詩詞、散文各方面都有很高成就。他的詩詞氣勢磅礴，語言奔放，想像豐富，變化無窮，具有濃厚的浪漫主義色彩，對當時和後世的詩詞創作產生了深遠影響。有《東坡全集》一百餘卷。

【注釋】
①簌簌：形容棗花紛紛落下的樣子。
②繅車：繅絲用的工具。
③牛衣：用粗麻或草編織而成，蓋在牛身上取暖。詞中指粗糙的衣服，類似蓑衣一類。
④野人家：指鄉下人家。

【名句】

簌簌衣巾落棗花，村南村北響繅車。

【鑑賞】

這首詞描繪夏季農忙時節的農村風光與日常生活場景，用語淺白清新，風格樸實自然，生活氣息濃郁，抒發了詞人一片喜悅之情。

上片描繪農村風物。走在鄉村小路上，清香的棗花簌簌落下，灑滿衣巾；耳邊傳來吱吱啞啞的繅車聲響，村南村北連成一片；不遠處的古柳下，身著粗布衣的瓜農正在高聲叫賣。「簌簌」描繪棗花紛紛落下的場景，畫面優美而生動；「村南村北」則說明全村家家戶戶都在緊張勞動，加上道旁的叫賣聲，勾畫一派生機勃勃的景象。詞人抓住富有季節特徵的事物，再現農村日常生活的場景，寫得有聲有色，洋溢著濃郁的生活氣息。

下片描寫詞人行路途中的場景。首句寫詞人酒後匆促上路，路途遙遙，更覺得困倦難當，昏昏欲睡。下句與上句不僅結構對稱，而且語意相連。酒後倦怠疲乏，被正當頭的太陽一曬，詞人愈發感到口乾舌燥，只想喝杯清茶解渴。尾句緊承上文，因為口渴思茶，詞人便走到路邊人家去敲門求茶。「試問」寫出作者借問、請求的口吻，而敲門之後會怎樣，就留待讀者去想像了。

【今譯】

衣衫頭巾上簌簌地落滿了清香的棗花，
村南村北傳出了繅車的響聲吱吱呀呀，
古柳樹下身著粗衣的老農正高聲叫賣黃瓜。

酒意濃濃，路途遙遙，昏昏欲睡好困乏，
太陽升高了，口渴難耐，多想喝上杯淡淡的清茶，
茅草房前輕叩柴門，問一問山野的人家。

水調歌頭

蘇軾

明月幾時有？把酒問青天。不知天上宮闕，今夕是何年。我欲乘風歸去，又恐瓊樓玉宇①，高處不勝②寒。起舞弄清影，何似在人間。
轉朱閣③，低綺戶④，照無眠。不應有恨，何事長向別時圓？人有悲歡離合，月有陰晴圓缺，此事古難全。但願人長久，千里共嬋娟⑤。

【注釋】
①瓊樓玉宇：瓊，美玉。瓊樓玉宇，月中宮殿的美稱。
②不勝：禁受不住。
③朱閣：朱紅色的華美樓閣。
④綺戶：雕花的門窗。
⑤嬋娟：本指月中仙子嫦娥，這裡借指月色。

【名句】

但願人長久，千里共嬋娟。

【鑑賞】

這首詞寫於中秋佳節。當時詞人被貶謫在外，又與親人久未相聚，萬般思緒都熔鑄於詞作中。詞以詠月發端，抒發思念親人的惆悵和政治失意的慨歎，寄寓對人生的思考，是千古傳唱的不朽佳作。

上片詠月，抒發對人生的感慨。開篇寫詞人把酒問天：皎潔的明月是何時出現的；那天上的仙宮，今晚又該是幾千幾萬年中哪一年的中秋呢？這追問充滿浪漫主義色彩，顯示詞人豪放不羈的性格和對人生的種種疑問不解。接下來，詞人寫欲乘長風歸去月宮，卻因廣寒宮的風霜淒冷而躊躇徘徊。還是在月下輕盈起舞吧，那淒清的月宮怎比得上美好的人間！以「歸」字寫詞人孤高自許，似乎他本是天上的神仙，只不過是暫居人間。「我欲」、「又恐」則顯示詞人感情和心理的矛盾，既對現實不滿，想遠離人事紛爭，卻又難捨現實生活的美好。

下片抒發思念。前三句寫月光流轉入戶，照著因思念而無眠的人。接下來怨月無情：你與人間不應有恨，為何總在人們分別時刻這樣皎潔明亮呢？含蓄表達思念親人的情感。接下來詞人自我寬慰，明月的陰晴圓缺亙古如此，人世的悲歡離合也難以避免，此事自古以來就難以圓滿。既表明詞人對於人生的理解，也顯示他曠達的胸襟。結尾句是祝福，縱然不能相聚，也願親人平安長久，共賞一輪明月。情感真摯，動人肺腑。

【今譯】

皎皎明月最初是什麼時候出現？
舉起酒杯，我遙問青天。
不知天上的宮殿，
今天晚上是哪一年。
我想乘著長風回到天上去，
又恐怕月宮中的仙樓玉閣，
地處九霄，難以抵擋刺骨的風寒。
還是在月光下起舞吧，身影翩翩，
天宮的生活怎能比得上美好的人間！

月兒輕輕地轉過了豪華的樓閣，
月光低迴，透進了雕飾精美的窗扇，
映照著滿腹憂思的人兒不能入眠。
月亮啊，你本不應該有怨恨，
為什麼常在人們離別時團圓？
人生有悲有歡，有聚有散，
月亮時陰時暗，時圓時缺，
這種事自古就難以隨心所願。
只希望人們平安、長久，
縱然在千里之外，也能夠共賞一輪明月。

念奴嬌 赤壁[1]懷古

蘇軾

大江東去，浪淘盡、千古風流人物。故壘[2]西邊，人道是、三國周郎[3]赤壁。亂石穿空，驚濤裂岸，捲起千堆雪。江山如畫，一時多少豪傑。

遙想公瑾當年，小喬[4]初嫁了，雄姿英發。羽扇綸巾[5]，談笑間、檣櫓[6]灰飛煙滅。故國神遊，多情應笑我，早生華髮。人生如夢，一尊還酹[7]江月。

【注釋】

①赤壁：三國時吳國大將周瑜擊敗曹操大軍的地方，位於長江南岸。作者所遊覽的是湖北黃崗城外的赤壁磯，並非當年的戰場。

②故壘：舊時的城壘，舊城堡。

③周郎：即周瑜，字公瑾，他年僅二十四歲就做了吳國的大將。

④小喬：周瑜的妻子，東吳喬玄的小女兒。

⑤綸巾：配有青絲帶的頭巾。

⑥檣櫓：指曹軍的船艦。

⑦酹：以酒澆地進行祭奠。

【名句】

江山如畫，一時多少豪傑。

【鑑賞】

這是一首懷古詞。詞人描繪了古戰場的壯美風光，追憶和讚美了已逝的風流人物，也抒發了滿腔壯志難酬的感慨。詞作語言氣勢磅礴，境界雄渾闊大，堪稱絕唱。

起首是遠景：長江浩浩蕩蕩，奔流不息，如大浪淘沙，送走一代又一代英雄人物。以浩瀚江水喻指時間長河，使「淘盡」二字充滿歷史的滄桑感。接下來詞人將目光投向古戰場。那殘敗的城壘舊址，人人都說是當年周瑜退敵的戰場。以「周郎」指稱，強調周瑜的英雄年少，流露讚美之情。接句描繪古戰場的壯美風光：氣勢崢嶸的石壁高聳入雲，驚濤駭浪彷彿要將堤岸撕裂，濁浪滔天恰似捲起千萬堆殘雪。江山如此壯麗如畫幅長卷，怎不吸引無數英雄豪傑為之前赴後繼？「穿」、「裂」兩字響亮有力，生動再現當年古戰場壯懷激烈的場景；「捲」字則寫出波濤洶湧的非凡氣勢。

下片著重刻畫周瑜的英雄形象。以「遙想」引發懷古之情。當年小喬初嫁，正是周瑜建功立業之時。他意氣風發，英姿勃勃；他閒雅從容，談笑用兵；他火燒曹軍，建立了豐功偉業。詞人由前代的英豪而聯想到自己：已是鬢染霜華，卻一事無成，一腔報國之志無處施展。這讓詞人無限感傷，不禁嘲笑自己的多愁善感。結句抒發沉鬱的浩歎。人生像一場轉瞬成空的夢，不如把酒祭月，將滿腔不平之情寄寓酒中。思緒沉沉，令人感慨萬千。

【今譯】

莽莽大江向著東方奔流而去，
浪濤洶湧，淘盡了千百年來英雄人物的偉績。
在那殘破城壘的西邊，人們說，
正是三國時周瑜大敗曹軍的赤壁。
陡峭險峻的山崖彷彿要刺破天宇，
驚心動魄的波濤湧來像是要撕裂長堤，
浪花飛濺如同將千萬堆殘雪捲起。
江山壯麗如畫啊，
一時間吸引多少英豪為之爭強鬥奇！

回想起周瑜當年，
正是小喬初嫁的時候，
雄姿勃勃，眉宇間洋溢著沖天的豪氣。
手執羽扇，頭戴絲巾，談笑間，
曹軍浩蕩的戰船被燒得灰煙無跡。
古戰場多麼令人心馳神往，
也許該笑我多愁善感，白髮早披。
人生就像夢幻一般轉瞬即逝，
舉起酒杯還是該為那江上的明月灑祭。

虞美人 宜州見梅作

黃庭堅

天涯也有江南信①，梅破②知春近。夜闌風細③得香遲，不道④曉來開遍向南枝。

玉臺⑤弄粉花應妒，飄到眉心住。平生個裡⑥願杯深，去國十年老盡少年心。

【作者】

黃庭堅（1045-1105），字魯直，號山谷道人，洪州分寧（今江西修水）人，北宋詩人、詞人、書法家。蘇門四學士之一，盛極一時的「江西詩派」的開山祖師之一。黃庭堅的詞與秦觀齊名，風格豪邁。有《山谷集》。

【注釋】

①江南信：來自江南的訊息，指梅花，因其歷來為江南春信的象徵。

②梅破：指梅花含苞初綻。

③夜闌風細：夜闌，夜深。風細，形容風勢和緩。

④不道：不料，不曾想到。

⑤玉臺：梳妝檯的美稱。

⑥個裡：此中，是說面對梅花競相開放的春景時。

【名句】

天涯也有江南信，梅破知春近。

【鑑賞】

這首詞藉詠梅來抒寫人生感慨，既有乍見梅開的驚喜與意外，也有感傷身世的不平與憤懣。詞作婉曲細膩，令人回味無窮。

上片寫作者在貶謫之地看到梅花時的喜悅之情。起首寫遠在天涯，居然看到象徵江南春信的梅花正含苞待放，預示著春天的來臨。此情此景，令詞人深感欣喜。作者身在宜州貶所，自覺與京城和家鄉江南有天涯之遠，以「也有」二字寫詞人喜出望外的心情。接句回想昨夜，夜闌人靜，風勢和緩，難以送來梅花的清香。哪曉得今晨醒來，卻發現向南的枝頭早已繁花盡開。以「遲」寫風靜香淡，反襯「曉來」見梅花開遍的意外喜悅之情。

下片抒懷。開頭兩句寫「梅花妝」的典故。南朝的壽陽公主曾經在簷下酣睡，梅花飄落在她的額頭上，留下了一個梅形的印跡。後人紛紛仿效，稱為「梅花妝」。詞人化用典故，寫梅花飄落眉心，是因為嫉妒少女的芳容，欲與少女比美。新穎別致，讓人浮想聯翩。結尾寫詞人回想當年，面對早梅盛開的清景，總會痛飲一番。但是，經過近十年的貶謫，飽經人世滄桑，當時的少年早已變得老氣橫秋，哪裡還有興致對梅暢飲呢？抒寫人生感慨，表達不平之情，意味深厚，令人感傷。

【今譯】

人在天涯也可以收到江南的音信，
梅花綻放了，帶來了春天的問候。
夜深風靜遲遲聞不到花香，
誰想天亮時它卻開滿了枝頭。

麗人在妝臺梳洗，梅花自會嫉妒，
於是便飄落到她的眉心居住。
少年時逢此景一定開懷暢飲，
可如今離朝十年已變得老氣橫秋。

踏莎行

秦觀

霧失①樓臺，月迷津渡②，桃源望斷③無尋處。可堪④孤館閉春寒，杜鵑聲裡斜陽暮。

驛寄梅花，魚⑤傳尺素，砌成此恨無重數。郴江幸自⑥繞郴山，為誰流下瀟湘去？

【作者】

秦觀（1049-1100），字少游，號淮海居士，揚州高郵（今屬江蘇）人，北宋著名詞人，蘇門四學士之一，是宋代婉約詞派的重要代表人物。詞多寫男女情愛，也有不少感傷身世之作，風格清新秀麗，優雅含蓄。有《淮海居士長短句》。

【注釋】

①霧失：迷失於霧中，找不到。

②月迷津渡：迷，分辨不清。津渡，渡口。

③桃源望斷：桃源，喻指生活幸福、與世隔絕的地方。望斷，遠遠望著，直到看不見。

④可堪：哪堪，怎麼能忍受。

⑤魚：指書信。古時寫信用絹帛，疊成鯉魚形。另有一說是指將兩片木板削成魚形做信封，把書信放在魚腹中。這句和「驛寄梅花」都是指接到了遠方親友寄來的書信。

⑥郴江幸自：郴江，在今湖南郴州附近。幸自，本自，本來。

【名句】

郴江幸自繞郴山，為誰流下瀟湘去？

【鑑賞】

這首詞抒寫了作者被貶至僻遠之地的悵惘失望，以及思念家鄉的哀怨之情。詞作語言淒迷幽怨，手法嫺熟自然，意蘊深沉含蓄，是蜚聲詞壇的名作。

起首三句以幽怨之筆，營造淒迷的氛圍：四周的樓臺都籠罩在重重的迷霧中，看不清楚；月色迷濛，分辨不清渡口在哪裡；站在高處眺望，卻怎麼也望不到那與世隔絕的桃源仙境。詞人屢遭貶謫，心中滿懷悵惘，以渡口迷失、桃源不見的意境，抒寫前程渺茫之感。接下來寫正值春寒料峭，詞人獨居旅舍，看窗外斜陽西墜，耳旁傳來杜鵑的聲聲啼叫。「孤館」的寂寞，春寒的淒冷，日暮的蒼涼，杜鵑的哀鳴，種種淒涼境遇迭加，帶來無窮的淒苦與愁緒，叫人如何能忍受？

過片寫詞人接到了家鄉親友的來信，滿紙安慰之言，反激起詞人更深重的離愁別苦。以「砌」字寫詞人心中愁緒因日積月累而更加深濃，生動形象。這深重的愁緒中，既有日暮窮途的迷惘無奈，也有因杜鵑而牽引起的鄉愁。自然引起結句，寫詞人遠眺郴江山水，禁不住問道：郴江本來繞著郴山流淌，又是為了誰背井離鄉流向瀟湘呢？以郴江喻指自身，抒發離鄉遠謫的悲憤，充滿自怨自艾之情。

【今譯】

樓臺被茫茫的濃霧遮住，
迷濛的月光籠罩著河邊的渡口，
桃源仙境望不見，誰知竟在何處。
旅舍孤寂，春寒料峭，倍覺淒涼，
杜鵑悲啼聲中已是黃昏的時候。

友人寄送梅花慰我心情，
又傳書信解我煩憂，
更激起重重傷感積壓心頭。
郴江啊本來環繞郴山流淌，
為什麼無情地流向湘江？

浣溪沙

秦觀

漠漠輕寒上小樓，曉陰無賴似窮秋①。淡煙流水畫屏幽②。

自在飛花③輕似夢，無邊絲雨細如愁。寶簾④閒掛小銀鉤。

【注釋】

①曉陰無賴似窮秋：曉陰，指拂曉時的陰沉天氣。無賴，詞中蘊含不講道理、無可奈何之意。窮秋，指暮秋時節，應為九月。

②淡煙流水畫屏幽：淡煙流水，都是畫屏中的景致。幽，意境深遠。

③飛花：即落花。

④寶簾：有美麗裝飾的簾子。

【名句】

自在飛花輕似夢，無邊絲雨細如愁。

【鑑賞】

這首詞也是秦觀佳作之一，抒寫淡淡的哀愁和寂寞，猶如一件精緻小巧的藝術品。詞作語言清幽飄逸，構思精巧別致，意境優美含蓄。

開篇寫早春時節，清晨登上小樓後更可感到春寒料峭；窗外陰寒的天氣彷彿蕭索的暮秋時節，令人倍覺無可奈何。以「輕」字點出早春微寒的特點，而「上」字語意輕微，寫一片寒意彷彿無聲無息地瀰漫開來。「無賴」以口語入詞，寫詞人因陰沉的天氣而無奈，流露出淡淡的寂寞感傷之意。接下來寫室內的屏風，那清幽的淡煙流水圖，正符合詞人迷濛悠遠的心境。

下片寫景。窗外落花像昨夜的夢境一般，輕盈無著，飄忽不定；無邊的雨絲飄飛，一片迷離，恰如淡淡無盡的哀愁籠罩。詞人以飛花喻夢，以絲雨寫愁，道出了春愁的無由而至和無可排遣，使不可捉摸、不可把握的淡淡愁緒變得清晰可感。末句寫銀鉤閒掛，珠簾低垂。通過對這一靜態畫面的捕捉，抒寫寂寞閒適之感，意境恬淡而悠遠。

【今譯】

春天早晨的微寒瀰漫了小小的閣樓，
樓頂上天色晦暗彷彿蕭瑟的深秋。
臥室屏風上薄霧流水更顯得清幽。

窗外落花自在地飛舞，夢幻般輕柔，
綿綿細雨恰如那無盡的憂愁。
華美的珠簾低垂，空閒了掛簾的銀鉤。

減字浣溪沙 賀鑄

秋水斜陽演漾金①，遠山隱隱隔平林。
幾家村落幾聲砧②。
記得西樓凝③醉眼，昔年風物④似如今。
只無人與共登臨。

【作者】

賀鑄（1052-1125），字方回，自號北宗狂客，衛州（今屬河南）人。他的詞內容、風格較為豐富多樣，兼有豪放、婉約二派之長，富有節奏感和音樂美。有《東山詞》。

【注釋】

①演漾金：描摹斜陽照水、金波蕩漾的景致。演漾，蕩漾。
②砧：擣衣石。
③凝：聚集，凝注。
④風物：指風光景物。

【名句】

秋水斜陽演漾金，遠山隱隱隔平林。

【鑑賞】

這首詞描寫登臨所見，抒發物是人非的悵惘心緒。詞作意境含蓄深沉，語言收放自如，使人回味無窮。

上片寫登臨所見。前兩句寫秋水映照夕陽，漾起金色的波紋；莽莽叢林外，是若隱若現的遠山。秋水遠山，意境遼遠而空茫。「金」字描摹出斜陽映照秋水的真切情形，畫面極美，令人沉醉；「隱隱」二字使「遠山」更有朦朧情態，且音韻和諧。接句寫近景。平原之上是疏落的村莊，斷斷續續傳來石砧的聲音。「幾」字的使用令人浮想聯翩，也隱約流露出詞人孤寂悵惘的情緒。

下片以回憶引起，抒發詞人的感傷之情。首句是對美好往事的回憶：當年我們曾一同登上西樓，飲酒觀景，無比快樂。「記得」一詞使人感到當年之景必是詞人再三回味的，所以才清晰宛在眼前，出語平淡，卻蘊含無限深情。接句回到眼前，寫眼前的風光景物與當年無不相同，一同登臨的人卻不在身旁。直抒胸臆，寫出「物是人非」的遺憾和感傷。「無人與共」描摹出詞人獨自登樓的孤寂心態，讓人倍感蒼涼淒冷。

【今譯】

夕陽映照下秋水漾起金色的波紋，
遠處的山巒時隱時現，中間相隔著莽莽森林。
零散的村舍斷斷續續傳來了擣衣的聲音。

想起西樓上我們相對凝望，醉眼矇矓，
如今的景物和去年完全相同，
只是這小樓再沒有人和我共同登臨。

南軻子　仲殊

十里[①]青山遠，潮平路帶沙。數聲啼鳥怨年華[②]，又是淒涼時候在天涯。
白露收殘月，清風散曉霞。綠楊堤畔問荷花：記得年時沽酒那人家[③]？

【作者】

仲殊，生卒年不詳，俗姓張名揮，字師利，安州（今湖北安陸）人，北宋僧人、詞人。詞風灑脫豪放，頗有情致。有《寶月集》。

【注釋】
①十里：非確指，喻相隔遙遠。
②怨年華：哀歎年華的流逝。
③沽酒那人家：沽酒，買酒。那人家，指賣酒的人家。

【名句】

白露收殘月，清風散曉霞。

【鑑賞】

這首詞描寫秋日景致，抒寫人在旅途的種種感受，既有僧人生活的無牽無掛，也蘊含對俗世生活的留戀與嚮往。

起首兩句彷彿一幅山水風景畫。風平浪盡，潮水退去，只有岸邊小路還殘留著泥沙；遠處是蒼翠連綿的一帶遠山，數聲鳥啼，牽引起詞人的無窮思緒。以「遠」字創設遼遠蒼茫的意境，與詞人孤身遠行的寥落心境正相吻合。接句寫啼鳥多情啼鳴，彷彿替詞人哀歎年華的流逝，傷感人在天涯。清寂的晚秋拂曉，尋常的鳥鳴潮落，都會令詞人聯想到自身經歷而倍感淒涼。以「又是」強調漂泊生活之久之頻繁，情緒低沉，令人感慨。

下片寫秀麗秋景。殘月落，白露冷，清風吹散了天邊的彩霞，有清冷淡泊的意境。詞人漫步到荷塘時停住了腳步，因為那綠楊飄拂的堤岸，那滿池盛開的荷花無一不似曾相識。難道是舊地重遊嗎？回想起當年乘著酒興來此賞荷，令詞人頓生他鄉遇故知的欣喜，禁不住上前問道：「荷花啊，你還記得那年我曾買過酒的人家嗎？」經此一問，詞人率真而灑脫的性格躍然紙上，卻也流露出只願與荷花相知的孤芳自賞。

【今譯】

蒼翠的山巒十里綿延，依江而下，
潮水已退去，路面仍然殘留著泥沙。
數聲鳥啼彷彿在埋怨易逝的年華，
偏偏又逢晚秋獨自漂泊，淪落天涯。

霜露初降收盡了殘暑的熱氣，
陣陣清風吹散了清晨的彩霞。
綠楊飄拂的堤畔我詢問盛開的荷花：
還記得那年旅途中賣酒的人家？

浣溪沙

周邦彥

樓上晴天碧四垂，樓前芳草接天涯。勸君莫登最高梯[①]。

新筍已成堂下竹，落花都上燕巢泥[②]。忍聽林表[③]杜鵑啼。

【作者】

周邦彥（1056-1121），字美成，號清真居士，錢塘（今浙江杭州）人，北宋著名詞人。他精通音律，擅長寫景狀物，詞多抒寫羈旅之愁和個人情懷，語言典雅含蓄。有《片玉集》。

【注釋】
①梯：臺階。
②落花都上燕巢泥：這句是說落花都化為春泥，被燕子銜來做巢了。
③忍聽林表：忍，意為不忍。林表，即林梢。

【名句】

新筍已成堂下竹，落花都上燕巢泥。

【鑑賞】

這是一首懷鄉詞，表現遊子的情懷和鄉愁。詞作語言婉轉含蓄，意境淒迷深邃，情感真切纏綿，讀來令人盪氣迴腸。

起句不凡，描寫詞人登高樓遠眺，所望到的高遠而遼闊的景致。首句寫晴天寥廓，而遠方天地相接之處，似乎碧色都從晴天之上流瀉而下了。「碧」字鮮明亮麗，寫天空湛藍，萬里無雲；「垂」字運筆新穎，寫天地相接，翠色相溶，景致空曠而遼遠。接句寫樓前芳草無邊無際，既寫碧草連天、綿延蓬勃的生機和力量，也以芳草比喻歸鄉的路，蘊含思鄉的悠悠情懷。這顯然是一種無法排解的愁緒，因此詞人不由得自言自語，還是不要再登上那最高層的臺階吧，以免觸動內心的鄉愁而飽嘗痛苦。語意哀婉，欲言又止。

下片流露時光易逝的感傷，抒發天涯漂泊的哀愁。首兩句寫新筍已長成修竹，百花落盡成為燕巢的新泥。對仗工整，以花草樹木的消長變化，喻寫時光易逝，流年匆匆。自然界鮮明而無情的變化引發詞人內心的感慨和憂傷，而那「林表杜鵑」不顧詞人心緒的愁苦，任自不休地啼叫。杜鵑啼聲悲婉，似乎在鳴叫「不如歸去」，這聲音最易牽惹起遊子的鄉愁，難怪詞人愁腸百結。

【今譯】

樓頂明朗的天空四周垂得很低，
樓前綠草如茵無邊無際。
奉勸你莫要登臨最高層的樓梯。

石階下嫩嫩的筍芽已長成翠竹依依，
飄落的花瓣都做了燕巢的新泥。
怎忍心聽那林梢杜鵑的哀啼。

蘇幕遮 周邦彥

燎沉香[①]，消溽暑[②]。鳥雀呼晴，侵曉窺簷語[③]。
葉上初陽乾宿雨[④]，水面清圓，一一風荷舉。
故鄉遙，何日去？家住吳門[⑤]，久作長安[⑥]旅。五
月漁郎相憶否？小楫輕舟，夢入芙蓉浦[⑦]。

【注釋】
①燎沉香：燎，燒。沉香，一種名貴的香料。
②溽暑：潮濕悶熱的夏季天氣。
③侵曉窺簷語：侵曉，指天剛濛濛亮的時候。窺簷語，鳥兒把頭探過屋簷，嘰嘰喳喳地叫著。

④初陽乾宿雨：初陽，初升的太陽。乾，曬乾。宿雨，隔夜的雨。
⑤吳門：指今天的江蘇蘇州，為古吳國的首都，故稱吳門。
⑥長安：本指西安，詞中指當時的首都汴京（今河南開封）。
⑦芙蓉浦：指開滿荷花的河港。芙蓉，荷花的別稱。

【名句】

水面清圓，一一風荷舉。

【鑑賞】

這首詞通過想像、聯想等手法，既細緻傳神地寫景狀物，又頗有詩意地表現了思鄉之情，給人美好的藝術享受。

上片描寫盛夏晨景。起首兩句寫燃起名貴的香料，在輕煙縷縷中，消減了盛夏的悶熱感覺。從中可體會詞人寧靜安閒的心態。天剛拂曉，鳥雀就在簷邊吱吱喳喳。以「窺」字描摹鳥兒在屋簷跳躍鳴叫的情態，彷彿迫不及待告知人們晴好的消息，生動而富靈氣。結尾幾句寫宿雨初乾，水面上荷葉更加清潤，在風中亭亭搖曳。畫面清新，風致動人，勾畫出荷花的風骨和婀娜的姿態。

下片抒情。眼前美景令詞人不由得想念相隔遙遠的家鄉，久在長安旅居，不知何時才能回還。寫出一片真摯的思鄉之情。第五句寫思念家鄉親友，卻反問：五月來臨，不知當年一起垂釣的朋友是否思念自己？後兩句寫夢境，夢中我撐起小舟，划入開滿荷花的池塘。現實中難以實現的願望，靠夢境來圓滿，烘托自己濃重的鄉愁，思之意味無盡。

【今譯】

燃起一柱沉香，輕煙縷縷，
酷暑的悶熱在輕煙中散去。
小鳥呼喚晴天，早晨在屋簷下喳喳細語。
朝陽初照，荷葉上已不見昨日的殘雨，
水面上圓圓的荷葉格外清麗，
一枝枝在晨風中搖曳，亭亭玉立。

故鄉啊路途遙遙，
何日才能歸去？
原本家住在吳地，
卻留戀京城，常在他鄉旅居。
初夏五月，垂釣的故友是否也曾相憶？
短槳撐起小船，夢中我蕩進荷塘深處。

青玉案 曹組

碧山錦樹明秋霽[1]。路轉陡、疑無地。忽有人家臨曲水。竹籬茅舍，酒旗沙岸，一簇成村市。

淒涼只恐鄉心起。鳳樓[2]遠，回頭謾凝睇[3]。何處今宵孤館裡。一聲征雁，半窗殘月，總是離人淚。

【作者】

曹組，生卒年不詳，字元寵，陽翟（今屬河南）人，北宋詞人。他的詞在北宋末年曾傳唱一時，一些描寫羈旅生活的詞境界深遠，在當時頗有影響。有《箕穎詞》。

【注釋】

①錦樹明秋霽：錦樹，指秋霜染紅的樹木。霽，雨後天晴。

②鳳樓：本指婦女居所，詞中指家中妻兒所居之所。

③謾凝睇：謾，徒然，空自。凝睇，凝神注視。

【名句】

一聲征雁，半窗殘月，總是離人淚。

【鑑賞】

這首詞描寫旅愁鄉思，曲而有致，意味無盡。

上片寫景。首句寫山中雨後景致：遠山青翠，樹木已被風霜染紅；秋雨初霽，景色分外清麗明秀。接句寫山路愈行愈陡，令人懷疑是否已走到盡頭；忽然發現曲曲彎彎的溪水旁，正有幾處人家。這發現令詞人有柳暗花明又一村的驚喜。竹籬茅舍的村屋錯落有致，沙岸旁酒家的旗子迎風招展，一派熱鬧景致。遠行路上，偶然見到鄉村，自然令旅人感到溫暖親切。

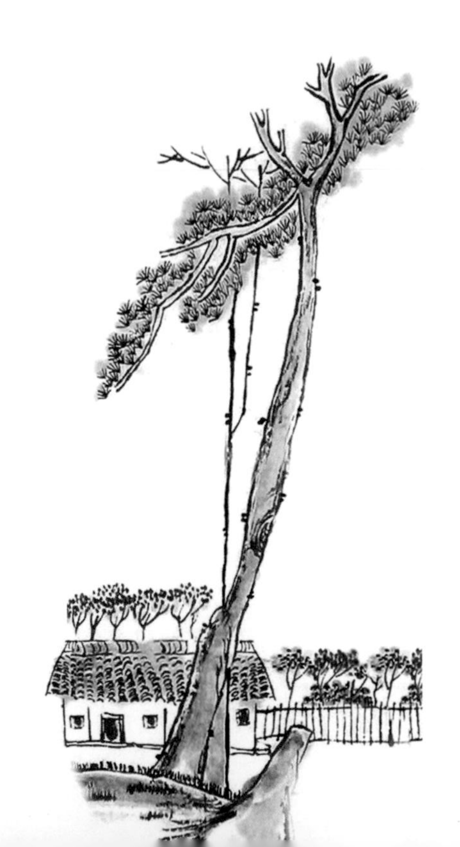

下片抒情。寧靜而充滿人情味的鄉野小村，令詞人的一縷鄉愁油然而起。「只恐」寫鄉愁的不期而至，總是怕它來，它就偏偏來。用語樸素，情真意切。接句寫回首鄉關，卻是鳳樓遙遠，視線難及，再凝望也是徒然。進一步抒寫鄉愁的無可排解。結尾四句以想像之詞寫現實的孤苦。不知今晚要落腳在哪裡的小店呢？想必只有殘月映照無眠，鴻雁哀鳴相伴，更少不了鄉情依依，淚水長流。以種種淒清景物，描摹想像中的自身境遇，尚未經歷已覺肝腸寸斷，很好地烘托出詞人的愁懷難解。以「離人淚」終結全詞，鄉思情意綿綿不盡。

【今譯】

遠山蒼翠，層林漸染，秋雨後景色格外明秀，
山路盤旋而上，愈來愈陡，
看上去彷彿到了盡頭。
忽然發現彎彎的溪流邊上有人家居住。
竹籬笆，茅草房，酒家的旗子在沙堤上飄舞，
一排排匯成喧鬧的村市，等待旅人光顧。

悽楚的心情怕是源於思鄉的憂愁，
鳳樓是那麼遙遠，回過頭仔細凝注。
今晚將落腳的孤寂小店竟在何處？
遠飛的大雁一聲啼鳴，
慘澹的月光映照半個窗戶，
總斷不了別情依依，淚水長流。

好事近 漁父詞 朱敦儒

搖首出紅塵[①]，醒醉更無時節。活計[②]綠蓑青笠，慣披霜衝雪[③]。

晚來風定釣絲閒，上下是新月。千里水天一色，看孤鴻明滅[④]。

【作者】

朱敦儒（1081-1159），字希真，號岩壑，今河南洛陽人，宋代詞人。早年逢北方淪陷，詞多憂憤之作，格調悲涼；晚年隱居山林，多描寫自然景色，語言清麗。有《樵歌》。

【注釋】

①搖首出紅塵：搖首，搖頭。紅塵，指繁鬧的塵世。

②活計：這裡指謀生的手段。

③慣披霜衝雪：慣，習慣。披霜衝雪，指頂霜冒雪。

④孤鴻明滅：孤鴻，孤單的鴻雁。明滅，時隱時現。

【名句】

晚來風定釣絲閒，上下是新月。

【鑑賞】

朱敦儒曾作〈漁父詞〉六首，這首是其中之一，描寫詞人的閒適生活，表達不同流俗的志向。詞作語言質樸自然，意境高遠空靈，讀來令人陶醉。

上片明志，描寫詞人自在放達的生活和志向。起首兩句寫掉頭遠離紅塵俗世，從此醒醉只由自己，哪管什麼時節。「搖首」二字生動形象，表達出詞人對紅塵俗世尤其是官場生活的不屑一顧，心態傲然而決絕。接句寫遠離官場後，慢慢習慣了戴笠披蓑的漁父生活，為了生存縱然傲霜鬥雪也不避艱辛。這實際是徜徉山水的隱士生活的寫照，詞人習慣並且鍾情於這樣的生活，閒適自在的心境也表露無遺。

下片描繪夜晚靜謐的景致，蘊含高遠志向。江上風平浪靜，釣絲閒垂水濱；明月升起，天上、水中都有一彎新月；遠處水天一色，澄淨無比，遙望孤雁遠飛，在暮色中時隱時現。意境朦朧清幽，於清麗悠遠的景致描寫中，流露出詞人超然物外、得失不縈於心的情懷。而「孤鴻」遠飛，自然象徵著詞人孤高自潔、遺世而獨立的品格與志向。

【今譯】

掉轉頭跳出人世凡塵，
酒醒酒醉連季節都難以分清。
為了生活，習慣了戴笠披蓑，
縱然傲霜鬥雪也不避艱辛。

傍晚江上風平浪靜，釣絲閒垂水濱，
天上、水中一彎新月，夜色怡人。
千里之內長天和江水渾然一體，
遙望孤獨的鴻雁遠去，忽暗忽明。

采桑子 彭浪磯① 朱敦儒

扁舟去作江南客，旅雁孤雲。萬里煙塵②，回首中原淚滿巾。
碧山相映汀洲③冷，楓葉蘆根。日落波平，愁損④辭鄉去國人。

【注釋】
①彭浪磯：位於江西彭澤，臨長江。
②煙塵：指戰亂的硝煙。
③汀洲：江中小島。
④愁損：指被憂傷折磨著。

【名句】

萬里煙塵，回首中原淚滿巾。

【鑑賞】

金兵入侵，詞人南下避難，途中寫下這首沉鬱哀婉的山水詞，於清麗的景致中蘊藏憂國憂時的悲慨之情，耐人尋味，感人至深。

上片著重抒情。起首兩句寫詞人乘舟南下，成為遠行江南的遊子。途中有南飛的旅雁相伴，仰頭卻只見隨風飄浮的孤雲。旅雁孤雲，既是詞人眼中所見之景，又以此自比，悲歎自身境遇，抒寫悲涼的心境。接句描述現實的淒涼。舟行漸遠，不由得回望故國，那萬里煙塵滾滾無際的地方，就是苦難的中原。想到北方大片國土的淪喪，想到苦難中的父老鄉親，詞人不由得淚下沾衣。用語自然樸素，更顯一片故國之情的哀婉淒切。

下片寫景，描寫江南秀麗的山水，反襯寫出詞人內心的深刻創痛。開頭兩句寫天近黃昏，青翠的遠山被暮色籠罩，煙嵐迷離；楓葉飄零，蘆根衰敗，暮色中的江中小洲一片淒冷。詞人滿懷憂思，以蕭索冷落之景，抒寫內心的孤寂淒涼之情，情景交融。結句寫夕陽落山，江面波平如靜，詞人的心中卻難以平靜，因為憂傷正無情地折磨著離鄉背井的人。眼前景致愈是秀麗，愈難以忘懷那故土中原，一片故國之思令人動容。

【今譯】

駕一葉小舟去做江南的新客，
伴隨我的是遠飛的大雁和孤獨的雲。
煙塵滾滾漫無邊際啊，
回望苦難的中原，淚水打濕衣襟。

夜色籠罩蒼翠的遠山，汀洲更顯得淒冷，
一片片紅紅的楓葉，一簇簇殘損的蘆根。
太陽落山了，江面異常平靜，
憂傷無情地折磨我這離鄉背井的人。

如夢令 李清照

昨夜雨疏風驟①，濃睡不消殘酒②。試問捲簾人③，卻道海棠依舊。知否，知否？應是綠肥紅瘦④。

【作者】

李清照（1084-1155），號易安居士，歷城（今山東濟南）人，傑出女詞人。少有才名，早年生活美滿幸福，晚年遭遇國家巨變，身世淒涼。她在詩、詞、文、賦、書畫等方面都有成就，以詞最負盛名。她的詞自成一家，提升了詞的思想內涵，拓展了詞的情感深度，擅長以生動曉暢的語言，塑造新穎獨特的藝術形象，被稱為「易安體」。有《漱玉集》。

【注釋】

①雨疏風驟：疏，稀少，疏落。驟，形容風刮得疾。

②濃睡不消殘酒：濃睡，一場好睡。不消殘酒，指宿醉未醒，還留有殘餘的酒意。

③捲簾人：指侍女。清晨，侍女忙著將窗簾捲起，故稱。

④綠肥紅瘦：形容紅花凋落、綠葉繁茂的景象。

【名句】

知否，知否？應是綠肥紅瘦。

【鑑賞】

這首小令表達愛花惜花的情感，也流露出華年易逝的感傷。作者只用了數十個明白淺近的字眼，就傳達出無比豐富的內容，充分體現了詞人駕馭語言、創造意境的高超技巧，也因此使得這首詞廣為傳誦。

開篇敘事，寫詞人一夜好睡後醒來，酒意仍殘存未消，卻不由得回憶起昨夜的一場風雨。以「雨疏風驟」形容雨稀稀落落地飄，風卻一陣緊似一陣，正是晚春特有的景象。又以「捲簾」從昨夜自然過渡到今晨，寫出人物的狀態。這幾句看似平淡敘事，卻留下了很強的懸念：風雨過後，外面會是怎樣的景致？接下來記錄一問一答的場景，既回答上文設置的懸念，又使行文波瀾起伏。用一個「試」字寫詞人矛盾的心態：花開正好，偏有風雨逼迫，怕是凋殘滿地了吧；想知道又怕知道，失落中仍有一絲希冀。問得有情，答得卻無心，漫不經心的侍女說海棠花仍像昨天一樣盛放。自然過渡到結句，引發詞人心境的又一次轉折：經過一夜的風雨，葉子一定清綠茂盛，而紅花卻必然凋殘了不少，哪裡還像你說的那樣「依舊」！以新穎絕妙、鮮明生動的擬人化描寫，表露無限眷戀、惋惜之情，意境深邃。

【今譯】

昨天夜裡急風勁吹，雨滴稀疏，
沉睡中醒來，醉意依然殘留。
問一聲捲簾的侍女，海棠花可好？
她回答：依然開放如故。
你知道嗎，你可知道？
應該是綠葉更加豐潤，紅花凋零殘瘦。

怨王孫　李清照

湖上風來波浩渺[1]，秋已暮[2]、紅稀香少[3]。水光山色與人親，說不盡、無窮好。
蓮子已成荷葉老，清露洗、蘋花汀草[4]。眠沙鷗鷺[5]不回頭，似也恨、人歸早。

【注釋】
①浩渺：形容水面遼闊無際。
②暮：晚，將盡。
③紅稀香少：描寫荷花凋殘的景象。
④蘋花汀草：蘋，長於淺水中的一種植物。汀，水邊平灘。
⑤鷗鷺：泛指水鳥。

【名句】

水光山色與人親，說不盡、無窮好。

【鑑賞】

〈怨王孫〉是李清照詞中別具一格之作，它描繪的是前人已歌詠過無數次的深秋景致，卻跳出悲涼蕭索的詠秋常調，於寫景中流露無盡的喜悅之情，灑脫不凡，不落俗套。

上片寫遠景。起句氣勢不凡，寫湖上風來，煙波浩渺，氣象萬千，渲染出遼遠、明朗的境界，令人神氣為之一爽。接下來描繪深秋如畫的景致：遠處是星星點點的殘荷，淡淡的香氣似有若無。雖是深秋，在詞人筆下卻沒有蕭瑟、哀婉的景象。相反，正如她所看到的，秋空遼遠，碧波蕩漾，水光山色有說不盡的美妙。這句不直接寫詞人對於湖光山色的喜愛難捨之情，卻賦予秋景人格化的特質，說湖光山色欲與人親近，行文生動別致。末句以口語入詞，更顯一片真切的熱愛之情。

下片寫近景，宛似電影中的特寫景頭。蓮子、蘋花、汀草，皆是暮秋常見的景物，一一點染，更覺秋意襲人。首句上承「紅稀香少」，寫秋來蓮子成熟，荷葉已然老去，似有衰敗氣象。可是清秋的露水打濕了岸邊的水草，含翠凝碧，卻重新展露勃勃生機。雖是晚秋，風光卻一樣宜人，在詞人筆下呈現一派怡然爽朗的氣象。末尾句與上片相同，仍用一個擬人化的句子，寫停駐在岸邊的水鳥，彷彿怨恨遊子的早歸，竟然頭也不回，不肯相別。人與景兩情依依，更覺意蘊深長，餘音無盡。

【今譯】

湖上微風吹過，波光閃爍浩渺，
晚秋時節，荷花凋零，餘香變得稀少。
秀麗的山水風光也懂得與人親近，
說不盡啊這有多麼美好。

蓮子成熟了，荷葉慢慢變老，
清露滋潤著水上白萍、岸邊綠草。
沙灘上棲宿的水鳥不願回頭，
像是在怨恨遊人歸去得太早。

醉花陰 李清照

薄霧濃雲愁永晝①，瑞腦消金獸②。佳節又重陽③，玉枕紗廚④，半夜涼初透。

東籬把酒黃昏後，有暗香盈袖。莫道不消魂⑤，簾捲西風，人比黃花瘦。

【注釋】

①永晝：指漫長的白天。

②瑞腦消金獸：瑞腦，一種名貴的香料。消，用盡。金獸，銅製的獸形香爐。

③重陽：每年的九月初九為重陽節，這天人們都要與親人團聚，共同飲酒賞菊。

④玉枕紗廚：玉枕，瓷製的涼枕。紗廚，即紗帳，可避蚊蠅。

⑤消魂：形容因思念而極度傷懷。

【名句】

莫道不消魂，簾捲西風，人比黃花瘦。

【鑑賞】

這篇〈醉花陰〉是李清照詞中名品，極富盛名。當時，李清照的丈夫趙明誠遊學在外，她寫作此詞寄贈遠人，表達寂寞之感與思念之情，情真意切，遂成千古傳唱的佳構。

起首以天氣起筆，迷濛的霧氣、低沉的雲靄，營造出朦朧陰鬱的氛圍，正與詞人的心境吻合。愈是沉悶的天氣，似乎愈難打發時間，在詞人看來，真如「永晝」一般。以「愁」字直抒胸臆，點染淒苦的心情。百無聊賴中，看獸形香爐裡，瑞腦一點一點燃盡，喻寫時間靜靜流逝，而詞人愁緒滿懷，依然難以排遣。接句以「又」字寫詞人的恍然驚覺：原來又到重陽時節。可是這團圓的節日，如今只有自己一人，更增寂寞惆悵之感。回想起昨晚的涼意襲人卻無人相伴，別是一番淒涼滋味在心頭。上片層層鋪排，雖無一字直寫，無盡的孤寂與思念之情卻躍然紙上。

下片寫飲酒賞菊，都是應景的重陽習俗。詞人在屋中枯坐整天，依然愁悶不堪，於是到東籬菊苑獨個飲酒賞花。重陽時節，菊花開放最盛最美，可是詞人心緒寂寥，難以盡情欣賞。晚風送來淡淡的菊香，在襟袖間彌漫，彷彿揮之不去的惆悵。結尾三句是千古傳誦的名句。菊花本有秀麗之姿，在蕭瑟秋風中搖曳，更增楚楚風致，有不勝嬌弱之態。詞人以菊花自比，更襯托出她的愁緒之重，相思之苦。前面充分渲染孤獨、淒婉、無奈的氣氛，直到結句感情傾瀉而出，直接抒寫無盡的思念與深厚的情感，極富藝術感染力。

【今譯】

晨霧淡淡，墨雲重重，
難以消磨這漫長的白晝，
銅香爐裡香料將燃盡，輕煙嫋嫋飄浮。
一年一度的重陽節又到了，
白瓷枕上，碧紗帳裡，我輾轉反側，
半夜時分，頓覺輕寒陣陣，涼氣初透。

記得黃昏後在東籬邊飲酒，
菊花的清香幽幽襲來，溢滿衣袖。
可別說這情景不叫人傷神，
當蕭瑟的西風不停地掀動垂簾，
孤寂的人呀比那淒清的菊花還要消瘦。

少年文學31　PG1569

中學生必讀的中國古典文學
——詞（唐～北宋）【全彩圖文版】

主編／秦嶺、秦乙塵
作者／卓蘭、康樹林、牛斌鋒、趙冰
今譯／秦嶺
責任編輯／陳倚峰
圖文排版／楊家齊
封面設計／蔡瑋筠
出版策劃／秀威少年
製作發行／秀威資訊科技股份有限公司
114 台北市內湖區瑞光路76巷65號1樓
電話：+886-2-2796-3638
傳真：+886-2-2796-1377
服務信箱：service@showwe.com.tw
http://www.showwe.com.tw

郵政劃撥／19563868
戶名：秀威資訊科技股份有限公司
展售門市／國家書店【松江門市】
104 台北市中山區松江路209號1樓
電話：+886-2-2518-0207
傳真：+886-2-2518-0778

網路訂購／秀威網路書店：http://www.bodbooks.com.tw
國家網路書店：http://www.govbooks.com.tw
法律顧問／毛國樑　律師

總經銷／聯寶國際文化事業有限公司
221新北市汐止區康寧街169巷27號8樓
電話：+886-2-2695-4083
傳真：+886-2-2695-4087

出版日期／2016年8月　BOD一版　**定價**／450元
ISBN／978-986-5731-57-1

國家圖書館出版品預行編目

中學生必讀的中國古典文學. 詞(唐-北宋) / 秦嶺,
秦乙塵主編. -- 一版. -- 臺北市 : 秀威少年,
2016.08
面； 公分. -- (少年文學)
全彩圖文版
BOD版
ISBN 978-986-5731-57-1(平裝)

833.4 105010442

讀者回函卡

感謝您購買本書，為提升服務品質，請填妥以下資料，將讀者回函卡直接寄回或傳真本公司，收到您的寶貴意見後，我們會收藏記錄及檢討，謝謝！如您需要了解本公司最新出版書目、購書優惠或企劃活動，歡迎您上網查詢或下載相關資料：http:// www.showwe.com.tw

您購買的書名：______________________________

出生日期：________年________月________日

學歷：□高中（含）以下　□大專　□研究所（含）以上

職業：□製造業　□金融業　□資訊業　□軍警　□傳播業　□自由業
　　　□服務業　□公務員　□教職　□學生　□家管　□其它______

購書地點：□網路書店　□實體書店　□書展　□郵購　□贈閱　□其他

您從何得知本書的消息？

□網路書店　□實體書店　□網路搜尋　□電子報　□書訊　□雜誌
□傳播媒體　□親友推薦　□網站推薦　□部落格　□其他__________

您對本書的評價：（請填代號　1.非常滿意　2.滿意　3.尚可　4.再改進）

封面設計____　版面編排____　內容____　文／譯筆____　價格____

讀完書後您覺得：

□很有收穫　□有收穫　□收穫不多　□沒收穫

對我們的建議：______________________________

____

____

____

請貼
郵票

11466
台北市內湖區瑞光路 76 巷 65 號 1 樓
秀威資訊科技股份有限公司 收
BOD 數位出版事業部

（請沿線對折寄回，謝謝！）

姓　　名：＿＿＿＿＿＿＿＿　年齡：＿＿＿＿　性別：□女　□男

郵遞區號：□□□□□

地　　址：＿＿＿＿＿＿＿＿＿＿＿＿＿＿＿＿＿＿＿＿

聯絡電話：(日)＿＿＿＿＿＿＿＿＿＿(夜)＿＿＿＿＿＿＿＿＿＿

E-mail：＿＿＿＿＿＿＿＿＿＿＿＿＿＿＿＿＿＿＿＿